Scherz Krimis
Die mit den Streifen

Ursula Curtiss

Schritte im Nebel

Roman

Scherz

Die Autorin

Ursula Curtiss, 1923–1984, erhielt bereits für ihren ersten Krimi »Voice out of the Dark« (»Stimmen aus dem Dunkel«, Scherz 1948) den begehrten Red Badge Mystery Award. Mit ihren Krimis gehört Ursula Curtiss neben Agatha Christie und Dorothy Sayers zu den großen Klassikerinnen.

Einzig berechtigte Übertragung aus dem Englischen
Titel des Originals: »The Deadly Climate«
Umschlaggestaltung: ja DESIGN, Bern: Julie Ting & Andreas Rufer
Umschlagbild: Tony Stone, Bilderwelten, München

5. Auflage 2001, ISBN 3-502-51770-3

Gesamtherstellung: Ebner Ulm

1

Schleichend, heimlich hatte sich der Nebel gesammelt, und auf einmal war er da. Eben hatte er noch in zarten verwehten Schwaden über dem rauhen Riedgras gelegen und in kleinen, rauchweißen Teichen über den Erdmulden. Und im nächsten Augenblick schon war der späte Aprilnachmittag in milchige Dämmerung gehüllt.
Caroline Emmett, vom Nebel überrascht, wanderte vorsichtig weiter, überzeugt, daß ihr in dieser an natürlichen Fußfallen so reichen Gegend nicht viel Schlimmeres zustoßen konnte als ein Stolpern über einen Baumstumpf oder einen Steinblock. Das war weiter nicht schlimm, und sie wandte deshalb nur einen Teil ihrer Aufmerksamkeit dem Boden unter ihren Füßen zu. Im übrigen dachte sie darüber nach, wie viele alte Weisheitssprüche sich doch tröstlicherweise in ihrem Falle wieder einmal als unwahr erwiesen hatten.
»Davonlaufen hilft nichts«, hatten sie gesagt. Doch, doch, es half. Es half sogar sehr, wenn man gewisse Gesichter und Hintergründe einfach nicht länger aushalten konnte. Der Rückblick von einem neuen und ungewohnten Standort aus führte diese Gesichter und Hintergründe wieder auf ihr normales Maß zurück. Sie verloren ihren Stachel. Hier, in dieser entlegenen Kleinstadt von Massachusetts, vermochte sie die enervierende Anteilnahme ihrer Familie als das zu sehen, was sie in Wirklichkeit war: als aufrichtige Besorgnis um sie. Und es schmerzte schon kaum mehr, an Richard Illing zu denken und an die Orte, wo sie mit ihm gewesen war, als sie noch seinen Verlobungsring trug.
Übrigens war sie nicht einfach so davongelaufen. Sie hatte für Mutter und Schwester einen Zettel zurückgelassen. Alle drei hatten bereits gepackt, um für eine Woche zu Mrs. Emmetts Freundin in den Süden zu fahren. Erst als Caroline, nach einem Abend versteckter Winke und Zeichen zwischen Mutter und Schwester, im Bett lag, wurde ihr plötzlich aufs peinlichste klar, daß das Ganze eine wohlgemeinte Verschwörung gegen sie bedeutete und daß Richard ohne Zweifel dort unten plötzlich auftauchen würde. Das will ich nicht, dachte sie dickköpfig. Das will ich auf keinen Fall.
Das wäre der letzte kleine Schlag, den ihr Stolz nicht hinnehmen würde. Alles übrige hatte sich eigentlich recht banal abgespielt. Ein kleiner Streit zwischen Richard und ihr, der plötzlich scharfe Formen angenommen hatte. Die Aufwallung von Gekränktheit, in der sie ihm seinen Ring zurückgegeben hatte, und seine kühle Bemer-

kung, sie solle ganz machen, wie sie wolle. Und dann die unvermeidliche Entdeckung, daß es eine andere Frau gab.
Caroline war bedrückt und müde, und aus etwas, das als eine gewöhnliche Erkältung begonnen hatte, war eine Lungenentzündung geworden. Es hatte sie nicht weiter überrascht, daß ihre Mutter von einer »Flucht in die Krankheit« redete und ihre verheiratete Schwester behauptete, es sei alles bloß psychosomatisch. Weit überraschter war sie, daß Richard ihre Krankheit als schmeichelhaft für sich auffaßte und reuig zurückkehren wollte. Seine Freundin hatte sich einem Baseballspieler zugewandt, und so begann er, Caroline wieder anzurufen und ihr Blumen zu schicken.
Ihre Mutter sagte: »Liebes Kind, glaubst du nicht, man sollte doch . . .?«
Und Carolines Schwester sagte, es könne jedem Mann einmal passieren, daß er den Kopf verliere.
Aber Richard hatte gar nicht den Kopf verloren. Es hatte sehr danach ausgesehen, als hätte er den Streit vom Zaun gebrochen, um ihn dann geschickt dem Bruch entgegenzusteuern. Er hatte Caroline prüfend angeschaut, einen Moment zwischen zwei Möglichkeiten geschwankt und dann seinen Entschluß gefaßt, von dem er wußte, daß Caroline ihn ohne weiteres annehmen würde.
Sie wollte nie mehr diesen abwägenden Blick auf sich gerichtet sehen, aber sie wollte auch nicht zugeben, daß Richard immer noch die Macht hatte, ihr weh zu tun. So hatte sie denn auf all das Zureden leichthin geantwortet: »Wenn wir schon unbedingt Pläne machen müssen, so könnten wir ja eigentlich für ein, zwei Wochen irgendwohin fahren.«
Mit verdächtiger Fügsamkeit hatte Mrs. Emmett den Arzt bei seinem nächsten Besuch um Rat gefragt. Er stimmte vorsichtig zu unter der Bedingung, daß Caroline sich weder ermüde noch erkälte. Im übrigen, fand er, könne ihr ein Orts- und Luftwechsel nur guttun. Er wüßte gerade die richtige Umgebung für sie, sagte er, nämlich Wicklow, eine Kleinstadt in Massachusetts, deren ausgezeichnetes Klima bereits zur Gründung von vier Sanatorien geführt habe.
Carolines Mutter hörte schweigend zu, bemerkte aber, nachdem der Arzt das Haus verlassen hatte, daß es ihr unerfindlich scheine, warum Caroline sich in einem solchen Nest begraben lassen sollte. Darauf telefonierte sie, einer glücklichen Eingebung folgend, mit ihrer Freundin im Süden.
Caroline hatte keine Lust zu diskutieren. Sie wollte nur fort, fort von

Orten, an denen jederzeit Richard auftauchen und ihre langsam wiederkehrenden Kräfte auf eine zu harte Probe stellen konnte. Sie wunderte sich wohl über das lange Telefongespräch, das ihre Mutter im Schlafzimmer führte, und über das vergnügte, leicht schuldbewußte Gesicht ihrer Schwester. Aber erst als sie im Bett lag, ging ihr die wahre Bedeutung des Ganzen auf. Und aus ihrem heftigen Widerstand erwuchs ein Plan, ein rascher Ausweg aus einer Situation, der sie einfach nicht gewachsen war.

Wicklow – das Städtchen, das der Arzt genannt hatte. Ein ausgezeichnetes Klima, ein kleines Nest, wo keiner sie kannte, wo sie sicher war vor mitleidigen Blicken, vor all den peinlichen Situationen, die fast unvermeidlich entstehen müssen für ein junges Mädchen, das eben sein Verlöbnis gelöst hat. Es schien ihr der einzig richtige Ort, an dem sich die Woche überstehen ließ, die der Arzt als unbedingt nötige Erholungsfrist bezeichnet hatte, damit sie nachher ihren Beruf wieder aufnehmen konnte. Caroline klammerte sich an den Namen Wicklow wie an einen Rettungsgürtel, der immer noch da war, als sie am frühen Morgen in der stillen Wohnung aufwachte. Als Städterin stand sie vor dem Landleben wie ein Kind vor einer unbekannten Frucht, deren Geschmack es mißtraut. Sie wußte nichts von seiner Stille, von seiner Verbundenheit mit dem Wetter, vom gemächlichen Rhythmus alles Geschehens. Das einfachste Tun nahm hier eine andere Färbung an, wie etwa das Wandern, das ihr der Arzt in vorsichtig bemessenen Dosen empfohlen hatte. In New York ging man zu Fuß, weil es die billigste Art war, eine kurze Distanz zurückzulegen. Meist schritt man eilig dahin, den Blick auf die nächste Busstation gerichtet. Hier aber ging man geruhsam, bis es Zeit war, umzukehren.

Gestern hatte sie ihren Spaziergang zu kurz bemessen und nachher zwei Stunden in ihrem Zimmer auf das Abendessen gewartet. Heute aber, das war ihr klar, würde sie sich beeilen müssen. Der Nebel hatte Bäume, Hecken und Straßen verschluckt. Sie stand still und versuchte, sich zu orientieren. Sie war bis zu dem Hügel gekommen, wo die Straße plötzlich aufhörte. Dann war sie einen weiteren Hang hinaufgeklettert, der Aussicht versprach über eine hübsche Bucht. Es war aber nichts zu sehen. Wicklow lag zu weit im Landesinnern. Aber sie hatte einem plötzlichen Impuls nachgegeben, war durch das harte Riedgras gewandert, nach rechts abgebogen, um ein dichtes Tannengehölz zu umgehen, und hatte plötzlich, gerade bevor der Nebel alles verhüllte, am Rande eines verlassenen Steinbruchs gestanden.

Das wäre also meine Bucht, dachte Caroline und war aus irgendwelchen dunklen Gründen ärgerlich auf ihren Arzt. Sie wandte sich nach rechts und stieß ziemlich unsanft gegen einen Felsblock, den sie vorhin gar nicht bemerkt hatte. Nie mehr aufs Land ohne Uhr, Kompaß, Taschenlampe und Stock, dachte sie.
Hatte sich der Nebel nicht doch ein wenig gelichtet? Caroline wollte sich nicht eingestehen, daß er im Gegenteil noch feuchter und grauer geworden war. Wenn sie die Straße sofort fand, könnte sie wenigstens noch bei Tageslicht den Hügel hinuntersteigen. Nachher ging alles geradeaus für – hoffentlich – nicht mehr als eine Meile. Und entlang der Straße gab es sicher Häuser mit Lichtern, und hie und da mußte man doch einem Wagen begegnen! Es war sehr wichtig, sich daran zu erinnern, daß man nicht mutterseelenallein in dieser nebligen Aprilwelt lebte, daß vielleicht nur ein paar Minuten von hier Leute friedlich ihrer Arbeit nachgingen. Es waren aber nicht nur ein paar Minuten. Sie hatte sich vorsichtig ihren Weg durch das steinige Gelände gebahnt und spähte nach dem Tannengehölz, von dem aus der Pfad talwärts führen mußte. Und auf einmal sah sie das Paar vor sich.
In welcher Entfernung mochte es sein? Fünf Meter – oder sieben? Das neblige Zwielicht war trügerisch, und die da vorn waren nichts als zwei Umrisse, grau im grauen Nebel. Sie schienen das Gelände zu kennen und sich über die zunehmende Dunkelheit keine Sorgen zu machen. Die eine Gestalt blieb stehen, bückte sich und tastete am Boden umher, als habe sie etwas verloren. Caroline war instinktiv stehengeblieben und fühlte sich auf einmal ungeheuer erleichtert. Jetzt konnte sie es ja zugeben: Es war ihr doch unheimlich gewesen, so allein im Nebel.
Sie war gerade im Begriff, sich nach dem Weg zu erkundigen, als die eine Person zu reden begann.
». . . du siehst doch sicher ein, daß ich . . .«, sagte sie. Es war eine Frauenstimme, und sie brach plötzlich ab. Ihr Begleiter hatte sich langsam aus seiner gebückten Stellung aufgerichtet. Er hob den Arm. Und wieder hörte Caroline die Stimme der Frau. Sie tönte jetzt ganz anders, hoch und entsetzt: »Nicht! Ach, bitte, nicht! Ich schwöre, ich werde – o Gott! O Go . . .«
Der erhobene Arm fiel herab. Die Frau, deren schriller Schrei noch in der Luft hing, fiel in hilflosem Nachgeben rücklings zu Boden. Der Angreifer kauerte über ihr, und sein Arm ging unzählige Male auf und ab, auf und ab . . .
Ein merkwürdiges Geräusch kam aus Carolines Kehle, nicht ein

Schrei, nicht ein Würgen – ein blindes, ungläubiges Ablehnen dessen, was da vor sich ging. Einerseits hatte sie den Willen, davonzurennen, anderseits den Wunsch, zusammenzusinken und den grauenhaften Mord, der da geschah, in Bewußtlosigkeit untergehen zu lassen. Vor Entsetzen wie gelähmt, verpaßte sie gerade die eine Sekunde, auf die es ankam.
Die gebückte Gestalt richtete sich hastig auf. Das Licht einer Taschenlampe fiel für einen kurzen Augenblick auf einen Männerregenmantel und auf ein Stück von dessen Futter, da, wo er zurückgeschlagen war. Dann fiel der blendende Strahl auf Carolines Gesicht und hüllte alles um sie herum in tiefes Dunkel. Caroline wandte sich um und rannte davon, weg vom tödlichen Lichtstrahl.

Vor ein paar Jahren war im Central Park ein Pferd mit ihr durchgegangen. Hinterher war dann die Episode unterhaltsam und ein bißchen lächerlich, aber damals war es für die unerfahrene Reiterin ein Moment des wildesten Schreckens gewesen. Nur nicht vorwärtssehen, nicht denken; halt dich fest, klammere dich an, obwohl du längst die Bügel verloren hast, noch eine Sekunde, noch eine ... Wenn du in diesem Galopp herunterfällst, brichst du dir den Rükken oder das Genick.
Genauso war es jetzt, als Caroline, bemüht, in ihrer Panik nicht laut zu schluchzen, den Hügel hinunterrannte. Denk nicht an den Fußpfad, kümmere dich nicht um die Straße. Ein Mörder war hinter ihr her, dessen halbverrücktes Gehirn Kenntnis hatte von ihrem Gesicht – dem Gesicht der Zeugin seines Verbrechens.
Sie mußte alles daransetzen, jetzt nicht zu stolpern, nicht zu fallen, nicht in eine Sackgasse zu geraten, wo sie totgeschlagen würde.
Heidekraut, langes, rauhes Gras, ein steiler Abhang. War es ihr eigenes Keuchen, das sie hörte, oder das ihres Verfolgers? Ich kann nicht mehr, dachte sie. Aber es war nicht ein Rennen, das man aufgeben konnte. Der Preis war ihr Leben.
Rannte sie der Straße zu oder von ihr weg? Oder rannte sie im Kreis, so daß ihr Verfolger einfach umkehren konnte, um plötzlich vor ihr zu stehen? Caroline begann verzweifelt zu weinen. Es gab keinen Ausweg, keinen. Sie fühlte kaum den Schmerz, als sie sich an der rauhen Rinde eines Baumes die Wange aufschürfte und gleich darauf den Fußknöchel an einem kantigen Stein verletzte. Sie war ganz in Anspruch genommen von einem scharfen Stich in ihrer linken Seite, der bei jedem keuchenden Atemzug ins Unerträgliche wuchs. Sie konnte nicht mehr lange so laufen.

Sie stolperte über eine Baumwurzel und fiel vornüber in eisig kaltes Wasser. Ein Bach. Sie machte Anstalten, ihn zu überqueren, hielt aber plötzlich inne. Ihre sämtlichen Sinne waren rückwärts gewandt, als sie jetzt den Bach hinaufwatete, gegen die schwache Strömung. Das eisige Wasser reichte ihr bis an die Mitte des Schienbeins.
Irgendwo in ihrer Nähe krachte es im Gebüsch. Die Taschenlampe, dachte Caroline, und versuchte, ihr Keuchen zu dämpfen. Hatte der Verfolger sie im Schrecken über sein Entdecktwerden verloren? Wenn nicht, wenn er sie jetzt plötzlich auf ihr Gesicht richtete . . .
Sie warf sich zitternd zu Boden; die Beine im Wasser, den Kopf auf dem Ufer, barg sie ihr weißes Gesicht im Moos. Bachaufwärts, wenige Meter entfernt, klapperte ein Stein, und ein Fuß trat stolpernd und spritzend ins Wasser.
Sie sah hinter geschlossenen Lidern immer nur das eine: den Arm, der sich hob und zuschlug, hob und zuschlug . . .

2

Wieder Plätschern und Stolpern, dann das Knacken von Büschen am andern Bachufer – und Stille. Vollkommene Stille. Bedeutete es nur, daß da drüben Wiesen waren, die den Schritt der eilenden Füße unhörbar machten? Oder lauerte das Grauen im langen Regenmantel in nächster Nähe, lauschend wartend, den Finger auf dem Knopf der Taschenlampe?
Caroline schluckte heftig, um der aufsteigenden Übelkeit Herr zu werden. Die Stille füllte sich mit lauernder Berechnung. Sie zwang sich, liegen zu bleiben und gegen den Instinkt anzukämpfen, der sie trieb, aufzustehen, laut zu schreien. Warten . . . warten! Nur so konnte sie vielleicht ihr Leben retten – obwohl der Mörder ihr Gesicht genau kannte.
Irgendwo in der Aprilnacht ertönte hohes, kläffendes Hundegebell. Ein kleiner Köter, dachte Caroline, um sich abzulenken. Einer, der seinem eigenen Schwanz nachjagt und nach dem Postboten schnappt. Aber ein Hund – das bedeutete ein bewohntes Haus, und ein Haus, das verhieß Licht, Zuflucht, vielleicht ein Telefon . . . wenn man dieses Haus erreichen konnte.
Wie lange hatte sie so dagelegen? Eine Stunde oder bloß Minuten? Sie wußte es nicht. Sie kroch das Bachufer hinauf und wartete, bis

das Blut in ihrem verkrampften Körper wieder richtig zirkulierte. Ein heftiger Schüttelfrost überfiel sie. Ihr Kleid war vollkommen durchnäßt, ihre Schuhe schwer vom Wasser. Sie wußte, wie gefährlich es war, hier zu stehen, vielleicht als Mittelpunkt eines immer enger werdenden Kreises, aber sie leerte trotzdem das Wasser aus den Schuhen und versuchte, ihr Kleid etwas auszuwinden, bevor sie sich auf den Weg machte über etwas, das wie ein unbebautes Feld aussah.

Sie rannte wieder. Das Stadium des passiven Grauens war überwunden, und sie mußte laufen. Die Nacht war erfüllt von Geräuschen. Sie stolperte einen steilen Abhang hinauf und stieß einen rauhen Schrei aus. Nur ein paar Meter weit weg, auf der andern Seite einer niedrigen, zerbröckelnden Mauer, stand eine Laterne und beleuchtete den Asphalt der Straße.

Caroline dachte nicht daran, daß sich ihr hier vielleicht nur die Sicherheit einer Mausefalle bieten könnte. Ihre Augen ließen die Mauer nicht los. Sie erreichte und überkletterte sie und hörte, wie ihr Rock dabei zerriß. Dann war sie auf der Straße und lief weiter durch den Nebel.

Sie vernahm das Echo ihrer Schritte – wenn es wirklich das Echo ihrer Schritte war? Aber da zur Linken, gleich an der Straße, leuchteten Fenster – ein paar Steinstufen, ein Türklopfer, mit dem sie wild auf die weiße Tür einhämmerte, gleichgültig über den Lärm, mit dem sie die Stille der Nacht störte. Hörten sie nicht? Hörten sie denn nicht?

Es war wie die sachliche Seite eines Angsttraums, als ihr klarwurde, daß einfach niemand zu Hause war, daß vorsichtige Bewohner das Licht hatten brennen lassen, um ihre Abwesenheit zu tarnen. Es war einer jener müßigen Zufälle, dachte Caroline, von denen die Leute später sagten: »Wenn doch nur . . .« Oder: »Ein paar Minuten früher oder später, und alles wäre anders gekommen...«

Vielleicht handelte es sich nicht einmal mehr um ein paar Minuten. Der Lärm des Türklopfers hatte nicht nur sein eigenes Echo aufgescheucht. Die Straße entlang, aus der Finsternis, da, wo Caroline hergekommen war, kam jetzt jemand gerannt. Sie wandte ihr erstarrtes Gesicht und sah das weiße Auge einer Taschenlampe aufleuchten, und links und rechts den Straßenrand absuchen.

Weg von der Straße, dachte sie. Sie tastete sich die Steinstufen hinunter und wandte sich aufs Geratewohl nach links. Rasen, eine stachlige Hecke, ein Abhang, den sie beinahe hinuntergefallen wäre. Aber da drüben war Licht, das den Rasen schwach erleuchte-

te. Sie stürzte weiter und konnte nur mit Mühe das Schluchzen zurückhalten, als sie heftig gegen den gegenüberliegenden Hang taumelte.
Die Schritte auf der Straße waren verstummt. Aber nach kurzer Zeit setzten sie, wie von ihrem schmerzhaften Keuchen angezogen, wieder ein und näherten sich immer schneller. Caroline erhob sich mühsam. Ihre Beine waren schwer wie Blei. Im verletzten Fußgelenk klopfte es schmerzhaft. Aber sie durchschritt den Lichtstreifen, der aus zwei erleuchteten Fenstern im Haus über dem Hang fiel, und fand die hohe weiße Haustür auf der anderen Seite.
Auf ihr Hämmern öffnete eine Frau mit erschrockenem und entrüstetem Gesicht. Caroline zwang ihren erschöpften Lungen eine letzte Anstrengung ab. »Lassen Sie mich ein«, keuchte sie flehend. »Bitte, lassen Sie mich . . .« Sie wußte nicht, ob die Frau sie wirklich einließ, oder ob sie sich einfach durch die Tür drängte. Aber sie stand auf einmal in einem hell erleuchteten Zimmer, geschützt vor der undurchdringlichen, todbringenden Finsternis, und die Haustür war geschlossen.
»Wünschen Sie etwas?« fragte die Frau. Und dann, im selben, ruhigen Gesprächston, ohne ihre Augen von Caroline abzuwenden: »Lydia, ruf bitte Henry!«
Sie ist offenbar bemüht, mich nicht zu reizen, dachte Caroline. Aus dem Augenwinkel sah sie ein junges Mädchen aus einem Sessel aufstehen, sich zu erstaunlicher Größe recken und das Zimmer verlassen.
»Sie müssen mich für verrückt halten«, sagte sie, immer noch nach Atem ringend, und zugleich fiel ihr ein, das sei gerade die beiläufige Art von Bemerkung, die ein Irrsinniger wirklich machen würde. Sie schloß vor Erschöpfung die Augen und lehnte sich gegen den Türpfosten. Als sie sie wieder öffnete, sah sie, wie die Frau, die aussah wie eine nachdenkliche, kleine Eule, sie erwartungsvoll musterte.
»Könnte vielleicht jemand die Polizei anrufen?« fragte Caroline. Es sollte dringend, aber vernünftig klingen, es kam jedoch wild und gehetzt heraus. »Ich habe . . . Es ist nämlich . . .«
»Setzen Sie sich«, sagte die Frau kurz, und Caroline betrat das niedrige Wohnzimmer, in dem eine freundliche Unordnung herrschte. Sie ließ sich am Fußende eines Sofas nieder, richtete sich aber sofort wieder auf. Ihre Muskeln waren noch zu verkrampft und zittrig. Es war, als fürchteten sie sich vor der Entspannung.
An einer der weißen Türen des Zimmers entstand Bewegung. Das junge Mädchen von vorhin – sie mußte fünfzehn oder sechzehn

sein, dachte Caroline –, ein sehr selbstbewußtes Mädchen mit dunklen, gerunzelten Brauen, trat, diesmal von einem Mann begleitet, wieder ein. Die Frau am Kamin stellte kurz vor: »Mein Sohn. Meine Tochter Lydia. Nun, Miss . . .«

Caroline ließ sich automatisch auf dem Sofa zurückfallen und starrte vor sich hin. Der Mann musterte sie prüfend von der Tür aus. »Völlig naß«, stellte er fest.

»Ich bin in einen Bach gefallen«, sagte Caroline. »Ich meine . . . ich bin weggerannt vor...« Nein, so ging es nicht. Sie hatte herausgefunden, daß sie ihre Hände am Zittern hindern konnte, indem sie sie unter die Kniekehlen schob. Sie blickte zu den fragenden Gesichtern auf. »Ich heiße Caroline Emmett«, sagte sie und begann, von ihrem grauenvollen Erlebnis im Nebel zu erzählen.

Nie im Leben würde sie dieses Zimmer vergessen: das Licht, das auf die Wände fiel, ein ungerahmtes Bild, einen dunklen Engel vor hellem Hintergrund darstellend, ein Ringheft – wahrscheinlich Lydias – das offen, mit glitzernden Ringen, am Boden lag. Noch bevor sie ihre Erzählung beendet hatte, erhob sich der Mann, den sie Henry nannten, gelassen von seinem Sessel, ging an die Haustüre und schob den Riegel vor. Er glaubte ihr also! Caroline war von tiefer Dankbarkeit erfüllt.

Sie sagte: »Ich habe es nebenan versucht – es war niemand zu Hause.«

»Armes Kind«, sagte die Frau spontan und warmherzig. Während Carolines Erzählung hatte sie zerstreut in den Taschen ihrer hellvioletten Strickjacke gewühlt. Jetzt brachte sie von dort eine Schildpatthaarnadel und eine Zwiebel zum Vorschein. Die Nadel steckte sie in ihr hochfrisiertes hellbraunes Haar, auf die Zwiebel warf sie einen leicht befremdeten Blick und steckte sie wieder in die Tasche.

»Übrigens – wir heißen Oliver«, sagte sie dann. »Ich bin Maud Oliver. Henry ruft jetzt die Polizei an. Und Sie müssen sofort aus ihren nassen Kleidern raus, wenn Sie das Haus nicht auf einer Bahre verlassen wollen.«

Das Haus verlassen – Carolines Gehirn wehrte sich gegen diese furchtbare Vorstellung. Mrs. Oliver führte sie durch eine weißgestrichene Tür in ein altmodisches, geräumiges Badezimmer, schickte Lydia nach einem passenden Schlafrock und ging Whisky holen. Caroline blieb allein zurück. Sie warf einen Blick in den Spiegel über dem Waschbecken und wunderte sich, daß die Leute sie nicht sofort wieder weggeschickt hatten.

Ihr Gesicht war schmutzig. Eine lange, rote Schürfwunde zog sich vom Backenknochen bis gegen das Kinn, das kurze blonde Haar war verfilzt und voller Blätter. Das Schlimmste aber waren die Augen, hohl und unheimlich glänzend. Parallel zu der einen Braue lief eine zweite aus getrocknetem Blut. Das war jene letzte Hecke, dachte Caroline. In der friedlichen Nachbarschaft von Badewanne, Zahnbürsten und Strümpfen, die von einer Stange hingen, begann sie mit unbeherrscht zitternden Händen ihre Jacke aufzuknöpfen. Sie konnte aus diesem Haus nicht wieder weg – nie mehr! Nie mehr!
Sie hatte ihre nassen Kleider, so gut es ging, zum Trocknen aufgehängt und trocknete sich selber gerade ab, als es an die Tür klopfte. Gleich darauf stand Lydia da mit einem Arm voll kirschroter Wolle.
»Bademantel«, sagte sie kurz. »Und Kamm.«
»Ich weiß nicht, wie ich Ihnen danken soll«, sagte Caroline. »Kommen Sie doch bitte herein.«
Lydia trat ein, groß und wortkarg, setzte sich auf den Rand der Wanne und fand Mittel und Wege, ihre langen Beine baumeln zu lassen. Von dort sah sie stumm, mit gerunzelten schwarzen Brauen zu, wie Caroline sich mit ihrem Haar abmühte. Caroline beobachtete sie im Spiegel und dachte, wie hübsch sie sein könnte, wenn sie etwas weniger Runzeln machen würde.
»Einen Lippenstift habe ich auch, wenn Sie wollen«, sagte Lydia. »Er ist neu, aber es ist ein billiger.« Sie sah kampflustig zu Caroline hinüber.
»Wenn er nur rot ist«, sagte Caroline sachlich und nahm ihn entgegen. Sie hatte ihre Toilette beinahe beendet, als Lydia in ruhigem Ton feststellte: »Er hat Sie sicher hereinkommen gesehen?«
Caroline hielt den Lippenstift eine Weile unbeweglich in der ausgestreckten Hand. Dann schraubte sie sorgfältig die Hülse auf. Dieses hochaufgeschossene Kind, das eigentlich gar kein Kind war, hatte die Frage gestellt, die allen andern nicht eingefallen war, die Frage, die jetzt eine lange Aprilnacht hindurch hinter allen Fenstern und Türen lauern würde. Wie konnte einer von ihnen seines Lebens sicher sein, solange sie ihr Zuflucht gewährten?
Caroline fühlte den eisigen Klumpen der Angst in ihrer Brust wachsen. Er war ja nicht aufgetaut gewesen, trotz allem, Licht und Freundlichkeit hatten ihn nur für einen Augenblick weniger spürbar gemacht.
Sie antwortete, bewußt ausweichend: »Das weiß ich natürlich nicht.«

»Wenn er Sie aber gesehen hat . . .«, begann Lydia nachdenklich. Vor der Tür ertönte Mrs. Olivers muntere Stimme: »Alles in Ordnung, Miss Emmett? Kommen Sie und trinken Sie einen Whisky.«

Er war stark und unverdünnt. Zusammen mit der Wärme im Wohnzimmer gab er Caroline für eine Weile ein traumhaftes Gefühl von Sicherheit. Ihre Wunden schmerzten nach dem Waschen, und in ihrem Fußgelenk pochte es, aber die Haustür war verriegelt und die Polizei unterwegs. Sie warf einen Blick auf die Fenster. Mrs. Oliver fing ihn auf und sagte besorgt: »Ich weiß. Aber wir schließen die Läden sonst nie, und da habe ich gedacht . . .«

Natürlich. Geschlossene Fensterläden in einem Haus an dieser Straße wären geradezu unmißverständliche Anzeichen für den Mörder, daß seine Mitwisserin hier Zuflucht gefunden hatte. Caroline fiel der suchende Strahl der Taschenlampe wieder ein, und sie mußte sich zwingen, den Blick abzuwenden von den dunklen Scheiben und der schwarzen Nacht dahinter.

Henry Oliver beugte sich auf seinem Stuhl vor und fragte: »Können Sie mir genau sagen, wo sich das Ganze abgespielt hat? Einmal abseits der Straße, könnte in dieser Gegend ein ganzes Regiment Soldaten verlorengehen. Können Sie sich an irgendwelche Merkmale in der Landschaft erinnern?«

Er muß ungefähr dreißig sein, ging es Caroline durch den Kopf. Dreißig, und er paßt gar nicht in dieses gemütliche, ein bißchen unordentliche, alte Haus! Er muß es früher einmal verlassen haben und dann enttäuscht und verbittert zurückgekehrt sein, um hier seine Tage in spöttischer Langeweile zu verbringen. Er war Lydia sehr ähnlich, dunkel und schlaksig wie sie, aber er versuchte offenbar, in eine Schale zurückzukehren, der sie gerade entwuchs.

Er wirkte jetzt lebhaft und wartete gespannt auf ihre Antwort. Caroline versuchte, sich der Landschaft zu erinnern, wie sie es bereits in oberflächlicher Weise getan hatte, als der Nebel einsetzte, gerade bevor die beiden Gestalten aufgetaucht waren und auf einmal nicht mehr Gefährten waren, sondern ein Mörder und sein Opfer. Bevor der hocherhobene Arm zugeschlagen hatte, immer und immer wieder . . .

Sie erwähnte den Steinbruch und das Gehölz, und obgleich sie ihre Stimme so gut wie möglich beherrschte, warf Mrs. Oliver ihrem Sohn einen mahnenden Blick zu und griff schließlich ein. »Ich bringe Ihnen gleich einen Teller heiße Suppe, Miss Emmett – Sie

müssen ja halb verhungert sein. Wohnen Sie hier in der Gegend?«
»Nein, ich wohne in New York«, sagte Caroline. »Ich bin hier . . .« Sie hörte ungläubig ihre eigenen Worte. »Ich bin hier zur Erholung.«
»Wicklow hat ein sehr gesundes Klima«, sagte Lydia ernsthaft von ihrer Ecke aus. »Wir haben mehrere Erholungsheime hier, eines für kapitalkräftige Kranke, eines für Alkoholiker, eines für . . .«
»Lydia«, mahnte Mrs. Oliver.
». . . ledige Mütter«, sagte Lydia unangefochten.
»Für dieses komme ich bis jetzt nicht in Frage«, sagte Caroline und hielt plötzlich inne. Sie hatten alle mit gedämpften Stimmen gesprochen, und Lydia hatte irgendein Geräusch draußen in der Nacht vernommen. Ihre Mutter sah sie unbehaglich an. »Es ist der Regen«, sagte sie.
Caroline schüttelte heftig den Kopf. Es war etwas anderes, das das gleichmäßige Plätschern des Regens übertönte.
»Das muß die Polizei sein«, sagte Henry und ging zur Haustür.
Es war genau halb acht Uhr.

3

». . . es läuft also darauf hinaus«, sagte Polizist Josef Trunz, indem er Caroline mit einem strengen Blick maß, »daß Sie keine dieser beiden Personen wirklich gesehen haben.« Nichts als Schatten, schien er zu denken. Nichts als Nebelphantasien!
»Ihre Gesichter habe ich nicht gesehen«, antwortete Caroline. »Nur das Stück Regenmantel und das Futter, grau kariert, glaube ich . . .« Sie schloß die Augen, um ihre sekundenlange Vision ins Gedächtnis zurückzurufen. »Vielleicht auch beige. Und . . .«
Sie hielt verwirrt inne und versuchte, sich zu erinnern, was es gewesen sein mochte, jener scharfe Schatten im Futter des Mantels, wie eine zickzackförmige Falte im kurzen, blendenden Lich tstrahl. Nein. Sie schüttelte den Kopf.
Mrs. Oliver und Lydia, die ein Polizeiverhör offenbar in irgendeinen dunklen Zusammenhang mit einer ärztlichen Untersuchung brachten, hatten gleich zu Anfang das Zimmer verlassen. Henry blieb da und musterte Trunz mit nachdenklichem Blick. Caroline schwieg, gelähmt von einem Gefühl der Nutzlosigkeit ihres Bemü-

hens. Sie wußte nicht recht, was sie eigentlich von der Polizei erwartet hatte, aber das war es bestimmt nicht.
Polizist Trunz hatte ein melancholisches rotes Gesicht und graugelbes Haar, das glatt scheitellos über seinen Schädel zurückgebürstet war. Er war groß und dick und schien sich in seiner Uniform so unbehaglich zu fühlen, als habe er sie bloß für den Abend ausgeliehen und beschlossen, es beim nächsten Mal mit etwas Bequemerem zu versuchen. Ein pflichttreuer und ehrenwerter Mann, der täglich um zwei Uhr dreißig an der Hauptstraße die Schulkinder durch den Verkehr lotste.
Sie saß auf dem äußersten Rand des Sofas, starr und steif aufgerichtet, als hätte der Klang ihrer Stimme etwas von jenem Nebel und jenem halbverborgenen Grauen in das warme, hellerleuchtete Zimmer gebracht. Trunz trug nichts dazu bei, diesen Nebel zu zerstreuen. Er machte eifrig Notizen. Wenn er überhaupt Notizen machte, dachte Caroline mißtrauisch und verzweifelt. Vielleicht zeichnet er auch bloß Mädchenköpfe mit langen Wimpern und lockigen Haaren.
Vielleicht konnte Trunz in ihren Gedanken lesen. Jedenfalls stand er auf, sah Caroline zweifelnd an, wie sie in ihrem rotwollenen Schlafrock dasaß, und sagte: »Der Steinbruch . . . Er ist natürlich groß, und es wäre vielleicht besser . . .«
»Ich glaube, ich könnte ihn Ihnen beschreiben«, sagte Henry. Und zu Caroline: »Berichtigen Sie mich, wenn etwas nicht stimmt.«
Er begann, Carolines Weg zu schildern, und Caroline nickte.
Kurz darauf blieb sie allein im Wohnzimmer zurück, hörte die Schritte der beiden Männer den Fußweg hinunter sich entfernen, den Motor anspringen, und das Geräusch des wegfahrenden Wagens. Sie starrte auf die Türe, die sich hinter ihnen geschlossen hatte. Vielleicht ist er dort draußen – jetzt, in diesem Augenblick, dachte sie. Vielleicht wartet er dort, in dem langen Regenmantel, weil er weiß, daß der einzige Mann des Hauses fort ist, weil er weiß, daß der Augenblick gekommen ist . . .
Sie ging zur Tür und schloß ab.
Aus dem Innern des Hauses näherten sich Schritte, und Mrs. Oliver sagte mit wohlüberlegter Ruhe: »Ach, ist Henry mitgegangen? Nun, dann kommen Sie jetzt Ihre Suppe essen, Miss Emmett. Und ein Aspirin oder zwei können nicht schaden. Sie sehen sehr . . .«
Ein leises Geräusch im Zimmer ließ sie mitten im Satz verstummen. Ihre runden Eulenaugen blickten irgendwohin, über Carolines

Schulter hinweg, und Caroline erstarrte in Panik, obwohl sie eben noch die Tür verriegelt hatte. Noch bevor sie sich umwenden konnte, begann eine trockene, kühle Stimme zu sprechen: »Ach so – wir haben also einen Gast. Es hat sich offenbar niemand die Mühe gemacht, mich davon zu benachrichtigen.«
Eine der beiden Türen an der Innenwand des Zimmers war offen, und eine Frauengestalt stand dort, an den Pfosten gelehnt. Caroline sah ein Paar schwarze Augen in einem schmalen weißen Gesicht, aus dem eine nervöse Reizbarkeit sprach. Die Gestalt trug einen weißen Schlafrock. Caroline blickte auf Mrs. Oliver, die einzuschrumpfen schien. »Miss Emmett«, sagte sie, und ihre Stimme nahm einen Schmeichelton an. »Dies ist meine älteste Tochter, Mrs. Julie Muir.«
»Guten Abend, Miss Emmett«, sagte Julie förmlich. Sie deutete ein Lächeln an, aber die dunklen Augen in ihrem weißen Gesicht – ein Gesicht wie eine welke Narzisse, dachte Caroline – unterwarfen sie einer sehr kühlen Musterung. Wie alt mag sie sein? überlegte Caroline. Fünfunddreißig, sechsunddreißig. Sicher das älteste Kind, und Lydia war wohl ein Nachzügler.
Sie hatte sich etwas beruhigt, und sie war sich der häßlichen Kratzer in ihrem Gesicht und des geliehenen Schlafrocks sehr bewußt – und wer weiß, ob nicht noch irgendwo Schmutz oder Schlamm an ihr war, den sie beim Waschen übersehen hatte. Sie sagte bescheiden: »Ich habe versucht, Ihrer Mutter zu versichern, wie dankbar ich Ihnen allen bin, daß Sie mich aufgenommen haben.«
»Ja, ich weiß«, sagte Julie kurz. »Es ist ja sehr ruhig zugegangen, aber das und jenes habe ich zufällig doch gehört.«
Mrs. Oliver zog unbehaglich die Schultern ein. »Du hattest schon deine Schlafmittel genommen, und ich hatte gehofft, du seist eingeschlafen.«
Natürlich, dachte Caroline; der zarte Seidenschlafrock, das welke weiße Gesicht, das müde Anlehnen am Türpfosten – Julie Muir war krank, und sie hatte die nervöse Reizbarkeit der Kranken. Sie sagte jetzt in wegwerfendem Ton: »Du weißt genau, Mama, daß die Schlafpillen überhaupt nichts mehr nützen. Wahrscheinlich hat man sie durch Zucker oder sonst etwas Harmloses ersetzt, um mich zu täuschen. Nein, ich habe nicht geschlafen. Ich hörte Miss – eh – Emmett reden, und dann diesen Idioten Trunz. Was mich an der Sache interessiert, ist, ob irgendwelche Sicherheitsmaßnahmen zu unserem eigenen Schutz getroffen worden sind. Wenn das Haus zu einer Festung für Miss Emmett umorganisiert werden soll, ist we-

nigstens anzunehmen, daß Türen und Fenster richtig verschlossen sind?«
Caroline erstarrte zu Eis beim Anhören dieser spröden, überheblichen Stimme. Natürlich wußte sie, daß sie nicht willkommen war. Sie brachte Gefahr ins Haus, nackte, wirkliche Gefahr. Dies ist mein Stichwort, dachte sie. Mein Stichwort, um mich höflich zu verabschieden, meine nassen Kleider anzuziehen und ins Städtchen zurückzukehren – auf irgendwelche Weise.
Hinaus ins lauernde Dunkel – hinaus, wo der Unbekannte wartete ... Ihr Gesicht brannte, und ihre Hände waren starr vor Kälte.
Unterdessen hatte sich ein kleines, peinliches Schweigen über die drei Frauen gesenkt, das Mrs. Oliver jetzt mit bitterer Sachlichkeit brach: »Natürlich ist das ganze Haus verschlossen. Henry hat dafür gesorgt.«
»Das ist immerhin etwas«, sagte Julie und lächelte wiederum kalt und spöttisch in Carolines Richtung. »Barmherzige Samariter sind immer etwas Löbliches, aber an toten Samaritern ist wirklich nicht viel dran, finden Sie nicht auch?«
Die Worte, zusammen mit dem Rauschen des Regens, schienen einen Augenblick lang den ganzen Raum auszufüllen. Jetzt trat Lydia ins Zimmer und sagte: »Ach, Julie? Bist du nicht im Bett?« Um dann sachlich hinzuzufügen: »Die Suppe wird kalt.« Das Eßzimmer war groß und quadratisch mit einem bunten ovalen Teppich auf dem schwarzen Fußboden. An den Fenstern hingen krause, weiße Tüllvorhänge, und an der Innenwand stand ein großer, alter Backsteinkamin. Der Mahagonitisch war für vier gedeckt, obwohl Julie erklärt hatte, sie wollte ihr Essen wie gewohnt ans Bett gebracht haben.
Bleiben Mrs. Oliver, Lydia und ich, dachte Caroline. Henry war wohl immer noch beim Steinbruch. Kam er nachher her, oder fuhren sie direkt zum Revier und telefonierten – nach einem Krankenwagen vielleicht –, um die durchnäßte Leiche der Frau abholen zu lassen.
Carolines Gedanken kehrten wider Willen zum Steinbruch zurück und von da ... Die kauernde Gestalt, die furchtbaren, hämmernden Schläge!
»Kann ich nicht helfen und etwas hineintragen?« erkundigte sie sich in der Küche mit verzweifelter Hilfsbereitschaft.
»Nein. Oder doch, die Butter«, sagte Mrs. Oliver und reichte ihr einen Glasteller. Caroline stellte ihn auf den Tisch und überblickte automatisch alles, was darauf stand. Die Tellermatten waren aus Plastik, aber das Silber, das darauf lag, war alt und sehr schön, wie

auch die Kerzenleuchter, über deren reich gearbeitete Silberverzierungen die Kerzen ihr sanftes Licht warfen. Caroline dachte an die Zwiebel und die anderen kleinen Dinge, die die Taschen von Mrs. Olivers Jacke beherbergten, und kam zum Schluß, daß das Haushalten in einem Bauernhaus für Maud Oliver etwas ziemlich Neues und Ungewohntes sein müsse. Beim Hinausgehen stieß sie beinahe mit Lydia zusammen, die mit einem Glas Wasser hereinkam.

»Aspirin«, sagte Lydia düster. »In diesem Haus kann man sich den Hals brechen, und alles, was man kriegt, ist Aspirin.«

Caroline schluckte gehorsam die Tabletten, und die drei setzten sich zu Tisch. Die Suppe war sahnig, mit etwas Tomatenmark, leicht süßlich, leicht salzig, aromatisch und raffiniert. Carolines Zunge freute sich daran, aber ihr Magen weigerte sich, mitzumachen. Unter Mrs. Olivers sorgenvollen Blicken zwang sie sich, Butter aufs Brot zu streichen und die Suppe zu essen. Auch zwang sie sich, keinen Blick auf die nassen, dunklen Fensterscheiben zu werfen.

»Sie haben wahrscheinlich bemerkt, daß meine Tochter Julie kränklich ist«, sagte Mrs. Oliver nach einer Weile. »Ihr Mann ist vor einiger Zeit mit einem Flugzeug tödlich verunglückt, was natürlich einen furchtbaren Schock für sie bedeutete. Jetzt hat sie etwas mit dem Rückenmark, und der Arzt verlangt, daß jede Aufregung von ihr ferngehalten wird.«

»Und außerdem«, sagte Lydia, den Suppenlöffel in der Schwebe haltend, »leidet sie an chronischer Unhöflichkeit.«

»Lydia«, sagte Mrs. Oliver mahnend.

»Das tut mir aber leid«, sagte Caroline verlegen und merkte zu spät, daß da eigentlich nichts zu sagen war. Sie war entschlossen, sich auch durch Hunderte von schonungsbedürftigen Julies nicht aus ihrem Zufluchtsort vertreiben zu lassen. Übrigens – Mrs. Oliver hatte die Krankheitsgeschichte mit verlegen gesenkten Blicken vorgebracht. Irgend etwas stimmte da nicht ganz, Lydias anzüglicher Blick schien Bestätigung genug dafür. Trotzdem spürte sie Julies Feindseligkeit wie eine Hand zwischen ihren Schulterblättern, die sie nachdrücklich hinausschob, hinaus in die Nacht, in die Gefahr. Julie lebte – wenigstens jetzt – in einer Welt der Pillen und Kissen, der weißen Seide und Rücksichtnahme. Wie konnte sie wissen, wie es Caroline zumute war? Caroline starrte auf ihren halbleeren Teller, der plötzlich anfing, kreisend ihrem Gesicht entgegenzuschwimmen. Sie klammerte sich am Tischrand fest, von Kopf bis Fuß von kaltem Schweiß überströmt. Ein mühselig aufrechterhaltener Schutzwall in ihrem Innern war zusammengebrochen, und

Dunkel und eisige Angst strömten in erstickenden Wellen auf sie ein.
»Wasser!« hörte sie Lydia von weither sagen.
»Verzeihung«, stieß sie hervor und stand auf. Sie vermied Mrs. Olivers helfend ausgestreckte Hand und schluckte angestrengt, mit zusammengebissenen Zähnen, bis sie endlich das Badezimmer erreicht hatte.

»Wirklich kein Wunder, daß ihr übel ist«, sagte draußen vor der Türe Lydias sachliche Stimme.
»Ich fürchte sehr, daß es nicht nur eine gewöhnliche Übelkeit ist.« Diesmal war es Mrs. Oliver, die sprach. »Sie ist doch zur Erholung hier, also ist sie krank oder war es zum mindesten. Es wäre sicher besser, wenn wir einen Arzt kommen ließen.«
»Nein«, sagte Caroline, die eben aus dem Badezimmer trat. »Bitte nicht. Es geht mir wieder gut – ich verspreche, daß das nicht mehr vorkommen wird.«
Sie wußte, daß es ihr ganz und gar nicht gut ging, daß die Anfälle von Hitze und Schüttelfrost, die abwechselnd durch ihren Körper jagten, nach der kaum überstandenen Lungenentzündung sehr wohl Anzeichen einer schweren Erkrankung bedeuten konnten. Dr. Flutters Worte kamen ihr in den Sinn: »Viel Ruhe und mäßige Bewegung an der frischen Luft.«
Aber das war eine Stimme aus einer andern Welt, einer Welt, der sie – war es menschenmöglich? – wegen eines Mannes namens Richard Illing so unüberlegt entflohen war. Dr. Flutter, mit seinen wohlmeinenden Ratschlägen aus der Sicherheit seiner weißgekachelten Praxis heraus, ein langjähriger Freund der Familie Emmett. Und auf der andern Seite ein Fremder, der hinter ihr herhetzte im nebligen, feuchten Aprilabend . . .
Julie stand offenbar in der Behandlung eines Spezialisten, denn Mrs. Oliver hatte von »einem Arzt« gesprochen, ohne einen bestimmten Namen zu erwähnen. Und je mehr Menschen wußten, daß sie in diesem Hause Zuflucht gesucht hatte, desto – nein!
»Warten Sie! Wir haben doch eine Krankenschwester im Haus, unsere Mieterin im ersten Stock, Miss Mayberry. Sie arbeitet zwar nur noch als Wochenpflegerin, aber soviel ich weiß, ist sie diplomierte Krankenschwester, und das ist bestimmt besser als gar kein Sachverständiger.«
»Da ist sie gerade«, sagte Lydia, »und ruft nach ihrem schauderhaften Putzi. Soll ich sie hereinrufen?«

»Bitte«, sagte Mrs. Oliver entschlossen.
Lydia ging zur Tür und öffnete sie weit. Draußen lag die Nacht, die regengepeitschte, unheimliche Nacht. Und eine gebieterische Stimme drang durch das Plätschern des Regens: »Putzi! Puutzii!«
Lydia wandte den Kopf, machte in der Richtung ihrer Mutter eine Grimasse schweigenden Abscheus. Dann beugte sie sich wieder aus der Haustür und rief in wohlerzogenen, jugendlichen Tönen: »Miss Mayberry! Bitte! Hier Lydia . . . Mama läßt fragen, ob Sie vielleicht einen Augenblick hereinkommen könnten.«

»Der langweilige Hund«, sagte Miss Mayberry und betrat unter dem Rauschen des gestärkten Baumwollrocks das Zimmer. »Ich weiß gar nicht, warum ich mir solche Sorgen um ihn mache, aber so spät ist er wirklich noch nie ausgewesen.« Ihre Stimme war energisch, aber ihre Augen waren gerötet. »Natürlich ist er alt, und besonders intelligent ist er nie gewesen . . . Guten Abend, Mrs. Oliver.«
Sie schob die knisternde Plastikhaube ihres Regenmantels über die krausen angegrauten Haare zurück. Ihr Gesicht war kräftig geformt und von der feuchtkalten Luft rot angelaufen. Sie sagte hoffnungsvoll, halb zu Lydia gewendet: »Sie haben auch nichts von Putzi gesehen oder gehört?«
Lydia und Mrs. Oliver schüttelten den Kopf. Miss Mayberry sagte mit bebender Stimme: »Ach, diese verdammte Straße! Die meisten Autofahrer wissen nicht, daß es eine Sackgasse ist, und rasen los, ohne Rücksicht auf Kinder und Hunde. Ich glaubte schon, Putzi hätte es begriffen, aber er ist nicht einmal zum Abendessen gekommen. Wünschen Sie etwas, Mrs. Oliver?«
Mrs. Oliver, im diplomatischen Verschleiern nicht sehr erfahren, begann, etwas zu stottern. »Meine Freundin, Miss Emmett . . . krank gewesen . . . verirrt und erkältet . . . Übelkeit und vielleicht Fieber . . .«
Noch bevor die sehr konfuse Schilderung zu Ende war, zog Miss Mayberry die schwarzen Brauen hoch.
»Erschöpft und erkältet?« sagte sie mit einem Blick auf Carolines zerschundenes Gesicht. »Das ist wohl ein etwas milder Audruck. Nun, wir wollen sehen.«
Sie ging mit raschen Schritten durch das Zimmer und legte eine kühle, feste Hand auf Carolines Stirne. Trotz ihrem Kummer um Putzi war sie mit einem Schlage ganz und gar die kompetente Kran-

kenschwester. Mit der freien Hand ergriff sie Carolines Handgelenk und fand mit geübter Promptheit den Puls.

»Sie waren krank?« fragte sie. »Was hatten Sie?«

»Lungenentzündung.«

»Wie gescheit von Ihnen, stundenlang im Regen herumzuwandern! Nun, es wird sich ja mit der Zeit herausstellen, was hinter der Sache steckt«, sagte sie grob. »Mrs. Oliver, haben Sie ein Thermometer?«

»Ja«, sagte Mrs. Oliver und sandte einen suchenden Blick über Kaminsims, Büchergestelle und Tische. Dann begann sie, in ihren Taschen zu wühlen. »Ich hatte jedenfalls eines, ich bin ganz sicher – irgendwo muß es sein.«

Miss Mayberry seufzte leise, sagte, sie wolle ihre Instrumententasche holen, und entschwand durch eine kleine Tür in der Halle. Mrs. Oliver murmelte Lydia etwas zu, und Caroline sagte: »Ach, bitte! Lassen Sie mich das Geschirr waschen. Ich sage es nicht aus Höflichkeit, ich wäre glücklich, irgend etwas zu tun zu haben.«

Draußen plätscherte der jedes Geräusch verhüllende Regen. Die Spannung des Wartens auf Henrys Rückkehr stieg, und Mrs. Oliver hatte offenbar das gleiche Bedürfnis, sich zu beschäftigen und so zu tun, als sei dies ein Mittwochabend wie alle andern. Caroline blieb allein im Wohnzimmer zurück. Es ist alles so still, dachte sie und ließ ihren Blick wider Willen zu den unverhüllten Fenstern schweifen.

Lag Julie Muir nebenan, wach, feindselig und entschlossen?

Und wo blieb Henry?

Miss Mayberry kam zurück, und Caroline fragte, ohne es eigentlich sagen zu wollen: »Ihr Hund? Was ist es für einer?«

»Er ist alt«, sagte Miss Mayberry und schüttelte das Thermometer mit energischem Ruck. »Ein bißchen Jagdhund und ein bißchen – ach, ich weiß nicht, einfach ein Hund.« Sie steckte Caroline das Thermometer unter die Zunge. »Weiß und braungefleckt und ziemlich übellaunig, weil es ihm nicht paßt, daß er alt wird. Er läuft öfter einmal fort, aber sein Essen hat er noch nie verpaßt, und im Regen herumgestrolcht ist er auch noch nie so lange.«

Ein paar Sekunden verstrichen. Dann sagte die Frau plötzlich: »Warum fragen Sie? Haben Sie ihn etwa gesehen?«

Caroline schüttelte den Kopf. Sie hatte keinen Hund gesehen, aber auf einmal lag sie wieder in jenem Bach, das Gesicht ins Moos gedrückt, und hörte das hohe, zänkische Kläffen. Natürlich, der Umstand, daß Miss Mayberrys Hund alt und zänkisch und »ein bißchen Jagdhund« war, ergab noch keinen Grund, anzunehmen, daß es

sich wirklich um ihn gehandelt hatte oder daß die Schwester – wie kam Caroline überhaupt auf diesen Gedanken? – wohl ihren Hund nie mehr sehen würde.
Ein schwaches, aber deutliches Geräusch draußen im Dunkel ließ sie hochfahren. Miss Mayberry nahm ihr das Thermometer ab, hielt es ins Licht der Stehlampe und sagte:
»Hm – ja. Sie werden sich eine Weile ganz ruhig verhalten müssen und dableiben, es sei denn . . .«
Aber Caroline hörte nicht zu. Sie war aufgestanden und zur Tür gegangen.
Sie schob den Riegel zurück. Draußen stand Henry Oliver.

4

Carmichael war gerade auf dem Polizeirevier, als vom Haus der Olivers angerufen wurde. Und als Polizist Trunz nach fast einer Stunde wieder zurückkam, war er wiederum da, mit fragend erhobenen Brauen und bemüht, seine langen Gliedmaßen auf dem kleinen, hölzernen Bürostuhl unterzubringen. Trunz wußte, daß Carmichael, der Besitzer und Herausgeber der städtischen Wochenzeitung, sein Blatt am Donnerstag morgen andruckte und folglich jeden Mittwoch im Laufe des Abends auf dem Revier erschien, um irgendwelche letzte Nachrichten aufzustöbern. Heute paßte es Trunz schon gar nicht, Carmichael vorzufinden.
Trunz, unfähig, eine schlichte und einfache, gegenseitige Antipathie als solche zu erkennen, konnte sich sein unbestimmtes Mißtrauen Carmichael gegenüber nie recht erklären, so wenig wie die Tatsache, daß er heimlich jeden eingehenden Steckbrief daraufhin untersuchte, ob er nicht am Ende auf den Zeitungsmann passe. Dieser war Mitte Dreißig, sehnig, schlank und ziemlich groß, mit dunklen Haaren, grauen Augen und einer alten Narbe an der linken Schläfe. Trunz trug diese Beschreibung mit sich herum wie ein kleiner Junge den Plan des Ortes, wo nach seiner Meinung ein Schatz vergraben sein mußte. Der Polizist war in Wicklow geboren und hatte dort widerwillig die ersten fünfundzwanzig Jahre seines Lebens zugebracht. Es wollte ihm einfach nicht einleuchten, daß ein freier Mann wie Carmichael sich aus freiem Willen in dieser ländlichen Kleinstadt niedergelassen haben sollte. Irgend etwas mußte

dahinterstecken. Er hatte oft genug versucht, es aus Carmichael herauszulocken, und sich dabei so raffiniert an ihn angeschlichen wie eine Katze mit einer Schelle um den Hals an einen Vogel. Carmichael hatte dies zuerst gelangweilt, aber mit der Zeit begann es ihn zu amüsieren. Trunz, hatte er herausgefunden, war unendlich leichtgläubig.

»Ist etwas los?« fragte er.

»Nichts.« Trunz machte die Schreibtischlampe an, sah nach der Uhr und begann, seinen Bericht zu schreiben.

»Also ein falscher Alarm?« sagte Carmichael nachdenklich. »Komisch. Ich kann mir Mrs. Oliver nicht recht vorstellen, wie sie mit der Polizei telefoniert, bloß weil ihr jemand mit dem Feldstecher ins Badezimmer guckt.«

»Es handelt sich doch gar nicht um Mrs. Oliver.« Trunz ließ seine Feder in der Luft schweben. »Es handelt sich um eine Besucherin. Die hat sich beim alten Steinbruch herumgetrieben, bildet sich ein, sie habe dort etwas gesehen, und hat es mit der Angst bekommen. Nachher hat sie den Kopf verloren und ist zu den Olivers gerannt – das ist alles.«

Er war noch unfreundlicher als sonst, und vielleicht war das der Hauptgrund, der Carmichael dazu trieb, Stück um Stück der Geschichte aus ihm herauszuholen. Im Anfang hörte er sich die Sache gelassen an, dann aber erwachte sein Interesse.

»Es ist also jemand hinter ihr hergewesen?« sagte er, als Trunz geendet hatte.

»Das behauptet sie wenigstens. Aber sogar angenommen, es sei wahr«, sagte Trunz, seine Feder schüttelnd. »Es kann schließlich sein, daß einer mit der Frau eines andern dort herumspazierte und daß sie sich gestritten haben und dann merkten, daß jemand sie beobachtete. Sie wußten natürlich, was für Gerüchte daraufhin in der Stadt entstehen würden, und der Mann hat getan, als verfolge er das Kind, um es ein bißchen einzuschüchtern. Nun – ein Kind ist sie ja nicht, sondern eben diese Miss Emmett.«

»Eben«, sagte Carmichael. »Nicht ein Kind, sondern ein erwachsener Mensch, der eigentlich den Unterschied zwischen einer Auseinandersetzung unter Liebesleuten und einem – möglicherweise einem Mord kennen dürfte.« Sein Ton war immer noch mild und abwägend, aber das Wort, das er, wenn auch nur als Möglichkeit, geäußert hatte, blieb in der Luft des kleinen, schäbigen Zimmers stehen.

»Ja, klar«, sagte Trunz mit betonter Geduld. »Darum bin ich ja auch

hingefahren. Und wenn Sie wissen wollen, was dabei herausgekommen ist: gar nichts.«
Carmichael hatte mit seiner Zündholzschachtel gespielt. Jetzt steckte er sie in die Tasche und stand auf. »Haben Sie etwas dagegen, wenn ich hinfahre und mich ein bißchen umsehe?«
»Nur zu!« sagte Trunz. Und dann, schlau und gerissen: »Sie waren doch einmal Detektiv, nicht wahr?«
Carmichael sah ihn verblüfft an und wandte sich dann zum Gehen. Trunz glaubte seinen Augenblick gekommen und fuhr fort: »Ich habe mir schon immer gedacht . . .«
»Ich bin weiter nicht stolz darauf«, sagte Carmichael zurückkehrend. »Ich habe klein angefangen, Trunz, wie alle: ein Gläschen Schnaps morgens bei Arbeitsanfang, ein zweites, wenn ich einen Kunden erwartete – so zum Anregen – und schließlich eine Flasche im Schreibtisch und eine in jedem Aktenschrank. Und dann, in einer Nacht, als ich hinter einem Kerl her war, ist es passiert. Ich griff unter die Achselhöhle nach meinem Revolver, als die Situation unhaltbar wurde, und was fand ich dort? Eine Flasche Schnaps. Das war das Ende meiner Laufbahn als Detektiv.«
»Ja, ja, schon recht«, grunzte der Polizist. »Ich habe zu arbeiten.« Er beugte seinen rot angelaufenen Kopf über den Bericht. Erst als sich die Türe geschlossen hatte, sah er auf und begann einmal mehr, Carmichaels Steckbrief zu entwerfen.

Die Aprilnacht war immer noch regenschwer und mild. Carmichael ging bis an die nächste Ecke, stieg dort in seinen Wagen und warf im Licht des Armaturenbretts einen nachdenklichen Blick auf seine Uhr. Es war kurz nach neun. Reichlich spät, um oben beim Steinbruch eine ziemlich sicher erfolglose Suchaktion zu unternehmen. Es war wohl einfacher und besser, zu den Olivers zu fahren und zuerst einmal mit dieser Miss Emmett zu reden, und nachher, falls etwas anderes als eine zu heftige Phantasie dahintersteckte . . .
Einfacher war es sicher, aber eigentlich unangenehm. Carmichael hatte wenig Lust, leeres Stroh zu dreschen mit einer jungen Frau, der vielleicht nur daran lag, sich zum Mittelpunkt der Aufmerksamkeit zu machen. Selbst wenn es nur die Aufmerksamkeit einer kleinen Provinzzeitung war. Und doch – irgend etwas an Trunz' Erzählung hatte seine Neugier angestachelt.
Die Taschenlampe, die der Verfolger auf das Mädchen gerichtet hatte! Merkwürdig, daß jemand einen so nüchternen Gegenstand zu einem Rendezvous mitnehmen sollte. Die hypothetischen Liebes-

leute mußten überdies noch bei hellem Tageslicht dort hingegangen sein. Der Besitzer der Lampe hatte also offenbar damit gerechnet, daß er das Ding später benötigen würde, obwohl der feuchtkalte Nebel für einen lang andauernden Flirt kein günstiges Klima sein konnte.
Nun, das war eine Kleinigkeit, und vielleicht war sie ganz unbedeutend. Unter andern Umständen wäre Carmichael wohl gar nicht darauf gekommen. Aber es war Mittwochabend, die Zeitung war fertig, und schließlich war es sein Geschäft als Reporter, Widersprüche aufzuklären, und seine Pflicht als Chefredakteur und Herausgeber, festzustellen, was dahinterstecken konnte. Weil Trunz so massiv gerissen vorging, war es ihm nie eingefallen, dem Polizisten die wahren Gründe seines Hierseins zu enthüllen. Sie waren denkbar einfach: nachdem er jahrelang Journalist in London gewesen war, nahm er das Angebot an, ein Landblatt zu machen, in der Überzeugung, daß keine Kleinstadt je so tot ist, wie sie aussieht, noch in der Zeitung so tot zu wirken braucht, wie sie ist. Und sogar Trunz hatte, wenn auch aus ganz anderen Gründen, über den Anruf der Olivers ein gewisses Mißbehagen verspürt.
Carmichael machte sich keinerlei Illusionen über seine Talente als Detektiv – aber auch nicht über die von Trunz. Oben auf dem Hügel, wo die Straße in eine Sackgasse mündete, parkte er seinen Wagen. Er ließ die Scheinwerfer brennen, nahm seine Taschenlampe aus dem Handschuhfach und stieg aus.
Er kannte den Steinbruch von einer Reportage her, die er vor ein paar Monaten darüber gemacht hatte. Das Projekt war seinerzeit sehr von ungefähr gestartet und dann ebenso von ungefähr wieder liegengelassen worden, nachdem es ziemlich viele Steuergelder verschlungen hatte. Da und dort lagen immer noch rostige Werkzeuge und Maschinenteile herum.
Er fand den von Trunz beschriebenen Ort und ließ seine Taschenlampe im Kreis herumgehen, aber es zeigte sich sofort, daß sie ihm nicht mehr nützte als ein Zündholz. Die Nacht war pechschwarz und der Steinbruch, an dessen Rand er stand, wenn möglich noch schwärzer. Die Tannen im Gehölz zu seiner Linken rauschten im Regen. Im übrigen herrschte Stille.
Er ging zum Wagen zurück und stieg ein. Der Motor heulte, die Reifen rutschten und holperten über das rauhe Hügelgelände. Nach langem Wenden und Drehen manövrierte er den Wagen an eine Stelle, von der aus die Scheinwerfer Tiefe und Ränder des Steinbruchs hell beleuchteten. Tausend schwarze Schatten gerieten in

Bewegung. Was hatte er eigentlich zu finden gehofft? Nahe am Rand des Steinbruchs waren Fußspuren, aber die hatte Trunz bereits erwähnt. Carmichael ließ sich die Geschichte des Mädchens durch den Kopf gehen.

Wenn ich hierher zurückkäme, dachte er, um in aller Eile die Leiche einer toten Frau zu beseitigen, wie, zum Teufel, würde ich es anstellen?

Die tausend schwarzen, feuchten Winkel des Steinbruchs gaben tausend verschiedene Antworten auf die Frage.

Nichts zu machen, dachte er, während er ziellos die beleuchtete Strecke durchstreifte. Ich muß es für heute aufgeben und, falls das Mädchen zu seiner Schilderung steht, eine gründliche Durchsuchung bei Tageslicht veranlassen. Oder auch die ganze Sache aufgeben. Aber ein Mörder, der sich beobachtet wußte und dessen Augenzeuge in der Dunkelheit hatte entwischen können, mußte in verzweifelter Hast gewesen sein, die Leiche seines Opfers loszuwerden. Und wer in verzweifelter Hast handelt, dem müssen notwendigerweise irgendwelche Fehler passieren ...

Er stand jetzt direkt unterhalb der Stelle, wo der Mord angeblich begangen worden war. Carmichael wurde plötzlich aufmerksam, entspannte sich aber wieder, als der schwarze Fleck, auf den das Licht seiner Lampe gefallen war, sich als ein Stein entpuppte. Aber ein wenig über ihm, zur Linken, lag ein anderer schwarzer Schatten, der merkwürdigerweise die Form eines Schuhs hatte. Es ist leichter, sich zu blamieren, wenn man keine Zuschauer hat. Carmichael ging zu dem schwarzen Schatten und leuchtete ihn an. Es war kein Schatten, es war ein Ding aus schwarzem Leder, das da zu seinen Füßen lag.

»Nun ja«, sagte Carmichael freundlich zu dem stillen Steinbruch, steckte den gefundenen Gegenstand in die Tasche seines Regenmantels und kehrte zu seinem Wagen zurück.

5

»Wer weiß«, sagte Mrs. Oliver, fünf Minuten nachdem Henry seinen unergiebigen Bericht erstattet hatte, »vielleicht war die Frau nur betäubt. Es ist doch möglich ...« Sie brach plötzlich ab und warf einen verlegenen Blick auf Miss Mayberry, deren Gegenwart alle vergessen hatten.

»Da wäre ja die Katze aus dem Sack, Mrs. Oliver«, sagte Miss Mayberry, nicht ohne Wohlgefallen. »Ich bin nicht ganz so senil, wie ich aussehe. Eine Erkältung! Das ist ja rührend. Ich habe auf den ersten Blick gesehen, daß dem Mädchen irgendein Unfall zugestoßen sein mußte. Was hat sie angestellt? Eine Frau überfahren?«
Caroline saß schweigend auf dem Sofa. Sie schien Mrs. Olivers hastige Erklärung gar nicht zu hören. Ihre erste Aufwallung von Erleichterung war vorüber, erstickt von der kalten Gewißheit, die sie jetzt erfüllte. Es war ähnlich wie vorhin im Nebel – zuerst die tröstliche, plötzliche Gegenwart menschlicher Wesen, menschlicher Stimmen, und im nächsten Augenblick Grauen und nackte Gefahr. Und jetzt war diese Gefahr größer als vorhin. Es wäre Wahnsinn, den Kopf in den Sand zu stecken und sich zu sagen, weiter dürfe der Mörder nicht gehen. Im Gegenteil, er *mußte* weitergehen – weil er sie gesehen hatte. Aus dem primitivsten Selbsterhaltungstrieb heraus durfte er sie nicht am Leben lassen.
Sie preßte die Hände zusammen und begegnete Mrs. Olivers fast flehendem Blick. »Vielleicht war sie wirklich bloß betäubt«, wiederholte Mrs. Oliver. »Und nach einer Weile ist sie zu sich gekommen und gegangen.«
»Nein«, sagte Caroline und versuchte vergeblich, nicht an jenen Augenblick zu denken, an die dumpfen Schläge auf den Kopf der am Boden liegenden Frau. »Sie ist tot, ich weiß es.«
Alle schwiegen einen Augenblick. Henrys Blick ruhte nachdenklich auf Caroline. Lydia hatte das Kinn in die Hände gestützt und starrte auf ihre Füße hinunter. Miss Mayberry gab ihrem Thermometer einen letzten Ruck, legte es in ein Etui und klappte dieses mit einem Knall zu, der alle zusammenfahren ließ. Mrs. Oliver faßte einen Entschluß: »Sie bleiben unter allen Umständen heute nacht hier, Miss Emmett. Miss Mayberry sagt, Sie haben Fieber, und Ihr Fußgelenk sieht übel aus. Lydia, willst du nachsehen, ob der Kaffee fertig ist?«
Caroline schämte sich, daß sie die Kraft zu einem noch so schwachen Protest einfach nicht aufbrachte. Sie antwortete mit bebender Stimme: »Es ist sehr freundlich von Ihnen, eine Fremde bei sich aufnehmen zu wollen. Ich möchte sehr gern bleiben, wenn es Ihnen wirklich recht ist.« Im Zimmer entstand verlegene Bewegung. Mrs. Oliver stand auf und ging in die Küche. Auch Miss Mayberry ging auf die Tür zu, blieb dann aber stehen. »Am besten nehmen Sie jetzt ein Aspirin und trinken etwas Warmes, Miss Emmett – falls Sie es bei sich behalten können –, und dann gehen Sie sofort ins Bett. Ich komme später noch einmal hinunter, um Ihre Temperatur zu mes-

sen. Übrigens, Henry, haben Sie vielleicht unterwegs meinen Putzi gesehen?«
»Leider nicht«, sagte Henry gleichgültig. Aber dann fiel sein Blick auf Miss Mayberrys Gesicht, und er fügte hinzu: »Er rennt sicher hinter einem Hasen her.«
»Dafür ist er zu alt. Nun, ich werde ihn später noch einmal suchen. Er war vielleicht vorhin einfach zu weit weg, um mich rufen zu hören.«
Wird er sie das nächste Mal hören? fragte sich Caroline und starrte, merkwürdigerweise vom Gegenteil überzeugt, auf ihren rotwollenen Schlafrock hinunter. War der Hund nicht vielleicht droben beim Steinbruch und bellte und kläffte?
Von der Türe aus ertönte Mrs. Olivers ängstliche Stimme: »Gehen Sie ja nicht zu weit vom Hause weg, Miss Mayberry!«
»Bestimmt nicht. Obgleich es noch viel dunkler sein müßte, damit mich jemand mit Miss Emmett verwechseln könnte.« Sie war unterdessen bei der Tür angelangt. »Wenn Sie mich brauchen, klopfen Sie ruhig an die Decke.« Damit verließ sie das Zimmer.
»Nun ja . . .«, sagte Mrs. Oliver etwas planlos. »Da könnten wir es uns jetzt also ein bißchen bequem machen. Oder möchten Sie lieber gleich ins Bett, Miss Emmett? Lydia bringt uns Kaffee, und, Henry, für dich habe ich die Suppe auf den . . .« Die Türglocke schrillte mitten in ihre falsche Munterkeit. Henry murmelte irgend etwas und ging öffnen, und für Caroline begann jetzt die merkwürdigste Nacht ihres Lebens, mit einer Reihe kleiner, offensichtlich harmloser Zwischenfälle, mit einer Parade von Augenpaaren, von denen jedes das bewußte sein konnte, das Augenpaar des Mörders, der ihr Gesicht heimlich verglich mit dem, das dort oben eine Sekunde lang vom Strahl der Taschenlampe beleuchtet worden war.
»Sie müssen entschuldigen«, sagte eine höfliche, schüchterne Stimme an der Tür. »Ich habe dies heute abend beim Heimkommen auf dem Vorplatz gefunden und mir gedacht, es gehört vielleicht der jungen Miss Oliver.«
»Ach, das ist ja Mr. Clive«, sagte Mrs. Oliver, und ihre Stimme klang geradezu enthusiastisch vor lauter Erleichterung. »Kommen Sie doch herein! Ein Taschentuch? Das ist aber nett von Ihnen. Ist es deines, Lydia?«
»Nein«, sagte Lydia. »Meine haben keine Spitze.«
Caroline brauchte gar nicht erst hinzusehen. Sie wußte, daß es ihr Taschentuch war, und nahm es mit einem Dankesgemurmel entgegen.

Der Nachbar, den Mrs. Oliver ihr jetzt vorstellte, war natürlich der Bewohner des Hauses, an dessen Tür sie so erfolglos und verzweifelt gehämmert hatte. Er war ein kleiner Mann mit O-Beinen, die ihm ein bißchen das Aussehen eines Varieté-Komikers gaben. Er hatte ein faltiges, braunes Gesicht mit milden, verblichenen Vergißmeinnichtaugen. Mrs. Oliver reichte ihm eine Tasse Kaffee, und er wandte sich sofort mit altväterischer Höflichkeit an Caroline.
»Ist das Ihr erster Besuch in Wicklow, Miss Emmett?«
»Ja«, sagte Caroline, und weil sie sah, daß Mrs. Oliver drauf und dran war, sich in ein kompliziertes Lügennetz zu verstricken, fügte sie rasch hinzu: »Ich habe die Wegbeschreibung, die ich mithatte, falsch gelesen – so etwas passiert mir alle Augenblicke – und bin deshalb irrtümlicherweise zuerst bei Ihnen gelandet.«
»Aha«, sagte Mr. Clive. »Und wie gefällt es Ihnen hier bei uns, Miss Emmett?«
War es wirklich so heiß im Zimmer, oder hatte sie Fieber? »Es gefällt mir ausgezeichnet«, sagte Caroline. »Natürlich ist es sehr ruhig und friedlich für jemanden, der aus New York kommt.«
»Ja, ja. Ruhig und friedlich ist es sicher«, erwiderte Mr. Clive lächelnd. »Man kann nicht behaupten, daß in Wicklow viel los ist, nicht wahr, Mrs. Oliver? Aber es gibt Leute, die das gern haben, und auf jeden Fall ist es gesund und gut für die Nerven.«
Er nippte an seinem Kaffee und stellte die Tasse dann behutsam ab. Henry, der bemerkte, daß Caroline sich etwas krampfhaft umschaute, ging durch das Zimmer, holte ihr eine Zigarette und zündete sie ihr an. Mr. Clive legte sein braunes Gesicht in nachdenkliche Falten und sagte: »Es ist schon merkwürdig. Heute abend, auf dem Heimweg von meinem Spaziergang, hörte ich schon von weitem, wie jemand wie verrückt meinen Türklopfer betätigte. Es war ein geradezu ohrenbetäubender Lärm. Aber als ich auf meinem Vorplatz ankam . . .«
Mr. Clive breitete lächelnd beide Hände aus, und alle starrten ihn an. Sein Lächeln schwand langsam dahin. »Es werden Schuljungen gewesen sein«, sagte er. »Die sind ja immer zu jedem Unfug bereit.« Er stand auf. »So, und jetzt habe ich lange genug gestört. Herzlichen Dank für den Kaffee, Mrs. Oliver. Bleiben Sie eine Weile hier, Miss Emmett?«
»Nein, ich muß morgen wieder zurück – mit dem Frühzug«, sagte Caroline, und sah ihm in die verblichenen Vergißmeinnichtaugen.
»Ach? So bald schon? Ich fürchte fast, es gefällt Ihnen nicht bei

uns?« sagte Mr. Clive und verbeugte sich. Dann verabschiedete er sich und ging, von Henry begleitet, hinaus.
Caroline zog dankbar an ihrer Zigarette, der ersten seit Stunden. Sie warf einen Blick auf das Taschentuch in ihrem Schoß. Ihre Mutter, eine unermüdliche Stickerin, hatte es mit einem eleganten C. E. verziert – Mr. Clive konnte also keinen Augenblick angenommen haben, es gehöre Lydia.
» . . . ein Witwer«, erzählte Mrs. Oliver mit dem Ausdruck einer vertrauensseligen Eule. »Ein lieber, netter Mensch. Einen besseren Nachbarn könnten wir uns gar nicht wünschen. Der Arme hat innerhalb weniger Wochen seine Frau und seinen Sohn verloren.«
Sie begann die Kaffeetassen zusammenzustellen. Caroline stand ebenfalls auf und ging durch das Zimmer, um auch Mr. Clives Tasse zu holen. Auf halbem Wege blieb sie stehen, neigte lauschend den Kopf und sagte: »Er kommt zurück.« Ohne jeden Grund zuckte ihr Handgelenk, und die Tasse in ihrer Hand klirrte. Dabei war es doch wirklich nicht möglich, vor einem so freundlichen Witwer Angst zu haben.
Es war aber nicht Mr. Clive, der jetzt mit Henry eintrat. Es war ein großer, junger Mann mit aufmerksamen Augen, die sich sofort auf Caroline richteten und sie eingehend musterten. Caroline sah an ihm vorbei auf Henry, der ihr beruhigend zunickte. Jetzt hörte sie Mrs. Oliver mit reservierter Herzlichkeit sagen: »Ah! Guten Abend, Mr. Carmichael.«
Der Besucher begrüßte sie und nickte Lydia zu. Diese richtete sich in ihrem Sessel zu ihrer vollen Länge auf und sagte melancholisch: »Das war ein schauderhaftes Bild von mir in der letzten Nummer.«
»Hockeyuniformen haben noch nie eine Figur gut zur Geltung gebracht«, sagte Carmichael. Und Mrs. Oliver sagte, immer noch so reserviert wie vorhin: »Miss Emmett, dies ist Mr. Carmichael, der Herausgeber unserer Wochenzeitung«, und zu Carmichael: »Nehmen Sie eine Tasse Kaffee? Sicher nicht? Hör einmal, Henry, dein Abendessen wird kalt.«
So kam es, daß Caroline für eine Weile allein mit Carmichael im Wohnzimmer blieb. Dieser wandte sich ihr sofort zu und sagte verständnisvoll: »Ich kann mir gut vorstellen, Miss Emmett, daß Sie genug davon haben, die Geschichte immer wieder zu erzählen, aber ich war oben beim Steinbruch und habe mit dem Polizisten gesprochen, der ebenfalls dort war – wir sind ganz verschiedener Meinung

über die Sache. Würde es Ihnen etwas ausmachen, mir noch einmal den Hergang . . .?«
Caroline, in ihrem roten Schlafrock und mit fieberheißem Gesicht, setzte sich widerstrebend, schwankend zwischen dem Wunsch, den Fenstern den Rücken zu kehren, um sich von dem Anblick der Wände und dem Lampenlicht beruhigen zu lassen, und dem Bedürfnis, keinen Blick von den regennassen dunklen Scheiben zu wenden. Schließlich setzte sie sich mit dem Gesicht zu den Fenstern und sah Carmichael an, der sich in Lydias Sessel niedergelassen hatte. Dann schilderte sie einmal mehr ihr Erlebnis im Nebel.
Beim Hören ihrer eigenen Stimme verstand Caroline nicht mehr, wie sie den eiligen Schritten hinter ihr hatte entkommen können. Nur blinde Angst und Panik hatten ihr die Kraft dazu gegeben. Jetzt machte das Wissen sie verwundbar, und die Furcht war ein Teil ihrer selbst geworden und durchdrang sie bis ins Mark.
Carmichael machte sich Notizen.
Caroline richtete sich plötzlich auf. Sie sah alles vor sich, ihren Namen und den ihrer Familie . . . in den Zeitungen . . . ihr schönes Zuhause in der 36. Straße, das von jetzt an kein Zuhause mehr sein würde, sondern ein Teil dieser entsetzlichen Nacht voller Nebel . . .
Sie sagte möglichst sachlich und beiläufig: »Ich habe der Polizei gegenüber wirklich alle Angaben gemacht, Mr. Carmichael. Ich möchte so schnell wie möglich nach New York zurück, und mit – mit Zeitungen will ich gar nichts zu tun haben.«
Schweigen. Carmichael sah sie lange und ruhig an und sagte dann freundlich: »Ist das nicht ein etwas kleinlicher Standpunkt, Miss Emmett?«
»Doch«, gab Caroline sofort zu. Und weil das die Wahrheit war, die sie hinter dem Gefühl von Scham versteckte, das sie erfüllte, seit sie dieses Haus betreten hatte, wurde sie erst recht ärgerlich. »Es wird wohl so sein, Mr. Carmichael. Ich bin ja auch, so im allgemeinen Zusammenhang gesehen, ein recht kleines Wesen, aber es gibt Momente, wo ich mir groß und wichtig vorkomme.«
»Das geht uns allen so«, sagte Carmichael, ohne jeden Vorwurf. »Ich nehme an, daß sich auch die Frau dort oben beim Steinbruch unersetzlich vorgekommen ist, und sie war es in gewissem Sinne auch - für sich selber und, wer weiß, vielleicht auch für andere.«
Merkwürdig, daß sie an das Opfer nicht mehr gedacht hatte. Sie hatte fast nur an den Mörder gedacht – und an sich selbst.
Sie begann lautlos und widerstrebend zu weinen, beherrschte sich

aber bald wieder. Wie von weit her drang Carmichaels Stimme zu ihr: »Das wollte ich wirklich nicht, Miss Emmett.«
»Ach, es ist nicht Ihretwegen«, sagte Caroline und fragte sich, ob sie ihm wohl erklären könnte, daß es in ihrem heißen Kopf so hämmerte und dröhnte. Aber es schien zu kompliziert. Sie sagte: »Ich glaube, ich kannte mich bis jetzt noch nicht so recht. Es verwirrt mich. Man spürt wohl instinktiv, daß man feige ist, aber wie feige man unter Umständen sein kann, weiß man doch nicht.« Sie lächelte unsicher und fühlte sich ein wenig besser, als hätte der kurze Tränenausbruch den Druck in ihrem Kopfe etwas erleichtert. »Ich werde in Zukunft so vorsichtig mit mir umgehen wie mit Glas.«
»Ich glaube, es ist nicht so sehr die Begegnung mit sich selbst«, sagte Carmichael mitfühlend, »als Ihre Begegnung mit einem Mörder. Besonders mit einem so umsichtigen Mörder, wie dieser es zu sein scheint.«
»Das ist es ja«, sagte Caroline. »Sie – sie ist nicht mehr am Leben. Dies gibt mir wohl das Gefühl, daß ich weglaufen sollte von allem. Der Polizist hat das nicht geradezu gesagt, aber ich weiß, er denkt, ich sei hier mehr lästig als nützlich.«
»Als er Sie fragte, hatte er dies noch nicht gesehen«, sagte Carmichael, entfaltete den Regenmantel, der über seinem Arm hing, und nahm etwas aus der Tasche.
Caroline beugte sich vor und starrte auf den Frauenschuh. Es war ein solider, schwarzer Lederschuh mit niedrigen, kräftigen Absätzen und herunterhängenden Schnürsenkeln. Fast neu, denn trotz dem Herumliegen im Regen war das Leder noch glänzend. Carmichael hielt ihn ins Licht und fand eine weitere Bestätigung dafür, daß der Schuh neu war. Die gedruckten schwarzen Zeichen – Größe 9B und eine Fabrikationsnummer – hoben sich scharf und unverwischt von der grauen Innenseite ab.
»Der ist nicht von ungefähr weggeworfen worden«, sage Carmichael. »Er muß ihr abgestreift worden sein, als sie aufgehoben und weggetragen oder weggeschleppt wurde.«
»Aber – wann denn?«
»Als Sie im Bach lagen. Sie sagen selber, daß dort ziemlich viel Zeit verstrichen sein müsse, wohl genügend für jemanden, der sich gut auskennt, um zurückzugehen und die Leiche verschwinden zu lassen. Natürlich nicht weit weg vom Tatort, aber doch nicht zu nahe an der Stelle, die Sie angeben konnten. Man wird die Frau wohl morgen irgendwo beim Steinbruch finden. Aber es ist noch lange nicht morgen.«

Er drehte den Schuh nachdenklich in der Hand. »Wenn ich denke, was tüchtige und ausgebildete Polizisten damit alles anfangen könnten! Ich verstehe ja nichts davon, aber ich stelle mir vor, daß diese Zahlen hier über Datum und Herstellungsort Auskunft geben.« Und dann fügte er mit einem resignierten Seufzer hinzu: »Trunz wird sagen, ein Steinbrucharbeiter habe den Schuh vor fünf Jahren, als die Arbeiten eingestellt wurden, aus Zerstreutheit oder zum Spaß liegengelassen.«
»Wäre das nicht am Ende . . .« begann Caroline trübselig.
»Möglich? Ich glaube kaum. Ich sehe nichts Komisches an dem Schuh. Und wer Nummer 9B trägt und außerdem Plattfußeinlagen, wird sich schwerlich dazu aufraffen, mit einem einzigen bekleideten Fuß über die Steine zu hüpfen, bloß um die andern zum Lachen zu bringen. Wenn ich nur . . .« Er brach ab, dachte nach, zog dann den Mantel an und steckte den Schuh wieder in die Tasche. »Ich gebe ihn lieber ab, es kann doch etwas dran sein.«
Im Eßzimmer hörte man Mrs. Oliver sagen: » . . . Aspirin und heiße Zitronenlimonade, und dann muß sie unbedingt . . .«
»Ja«, sagte Carmichael und sah Caroline prüfend an. »Wenn ich mir's recht überlege, gehören Sie wirklich ins Bett.«
Dann zog er eine verlegene Grimasse. Caroline lächelte unsicher und wurde zu ihrem Ärger rot.
Sie hatte die Tür an der Innenwand des Wohnzimmers vollständig vergessen. Aber diese ging jetzt so plötzlich auf, daß beide zusammenfuhren.
»Ich bin jetzt wahrhaftig vorbildlich über die ganze Sache orientiert«, sagte Julie Muirs kühle, schneidende Stimme. Gleichzeitig sah Caroline aus dem Augenwinkel, daß Mrs. Oliver unter der Eßzimmertür erschien.
»Ich bin – zum wievielten Male? – Miss Emmett über jeden einzelnen Stein und über jede Baumwurzel gefolgt«, sagte Julie. Caroline sah sie nur noch als zwei Brennpunkte: eine erschreckend magere Hand am Türpfosten und ein Paar verzehrende, schwarze Augen. »Aber – wer ist eigentlich Miss Emmett? Hat sich jemand die Mühe genommen, das herauszufinden? Sind wir ganz sicher, daß sie nicht eine Frau namens Caroline Emmett erschlagen und sich dann geschickterweise hierher in Sicherheit gebracht hat? Wissen wir überhaupt«, fragte Julie und begann zu zittern, »wen wir hier beherbergen?«

Was jetzt kam, war für Caroline wie ein Alptraum: Dieser Augenblick lautloser Stille, die keiner unterbrach, um zu sagen: »Was für ein Unsinn!« Oder: »Mach dich doch nicht lächerlich!«
Nach einer Weile murmelte Henry sarkastisch: »Da haben wir's«, und Carmichael ging zur Tür hinüber und sagte, als ob nichts geschehen wäre: »Julie! Wie geht es dir denn?«
»Es ist mir durchaus ernst«, sagte Julie mit starrem Lächeln. Sie stand angespannt unter der Tür, als trügen ihre Beine nur mit Mühe das leichte Gewicht ihres magern, von weißer Seide umhüllten Körpers. »Ich will Sie nicht beleidigen, Miss Emmett, aber Sie müssen zugeben, es wäre ein sehr geschickter Plan. Wenn Sie sich da wirklich eine obskure Kleinstadt ausgesucht hätten, um mit Ihrem Opfer abzurechnen und nachher schreiend zu flüchten vor einem Verfolger, den es gar nicht gibt?«
Carmichael betrachtete sie und dachte: Sie haßt das junge Mädchen ...
Und Caroline dachte: Sie haßt mich. Und sie liebt diesen Carmichael – oder hat ihn geliebt.
Dann sagte sie langsam: »Ja, es wäre ein sehr geschickter Plan ... das Vertrauen und das Mitleid und den ... den Beschützerinstinkt der andern auszunützen, um dann am Morgen mit dem ersten Zug zu verschwinden. Ich verstehe, was Sie meinen. Aber ich habe meine Handtasche verloren – wie Sie ja wissen –, und darin sind alle meine Personalausweise. Ich habe kein einziges Beweisstück.«
»Julie«, sagte Mrs. Olivers zitternde Stimme, »ich schä ...«
»Jeder«, sagte Julie in so vertraulichem Ton, als sei sie ganz allein mit Caroline, »jeder hat irgend jemanden, der über ihn Auskunft geben kann – nicht wahr?«
Wieder war es einen Augenblick still, aber Caroline war jetzt an einem Punkt angekommen, wo sie nichts mehr verletzen konnte. Zum erstenmal in ihrem Leben war sie, verwirrt und verloren, eine Fremde unter Fremden, ohne daß es für sie einen Ausweg aus diesem Angsttraum gab. Eine feuchte, neblige Aprilnacht schien ihre ganze bisherige Existenz verwischt und ausgelöscht zu haben. Das hier war die Wirklichkeit ...
Es war ein sehr gefährlicher Zustand. Sie mußte um jeden Preis versuchen, ihn abzuschütteln. Sie versuchte, wohlvertraute Schatten um sich zu sammeln. »Warten Sie«, sagte sie. »Da wäre einmal meine Mutter, Mrs. Charles Emmett, und meine verheiratete

Schwester, Mrs. John Cullinane. Beide sind zu Besuch bei Freunden im Süden, aber ich weiß die Adresse nicht. Mein Schwager ist im Moment auf einer Geschäftsreise in Los Angeles. Sie könnten Mrs. Gill anrufen, in der Pension, wo ich abgestiegen bin, aber sie war nicht zu Hause, als ich gestern ankam. Sie weiß sicher, daß ich dort ein Zimmer habe, aber gesehen haben wir uns noch nicht.«

Mrs. Oliver machte eine ängstliche Bewegung: »Bitte, bitte, Miss Emmett, Julie meint doch gar nicht . . .«

»Es ist alles sehr seltsam«, sagte Caroline und legte die Hand an ihre brennende Wange. »Gerade in dieser Woche . . . Mein Arzt ist bei einem Kongreß in St. Louis, und seine Praxishilfe könnte man erst morgen früh erreichen. Und meine Freunde und mein Chef bei der Firma McCann haben keine Ahnung, wo ich . . .«

»Einen Moment, bitte«, sagte eine energische Stimme, und gleich darauf stand Miss Mayberry mitten in der kleinen Gruppe. »Ich habe angeklopft, aber es scheint mich niemand gehört zu haben. Ist Ihnen eigentlich klar«, sagte sie in sachlichem Tone zu Julie Muir, »daß diese junge Dame hier wirklich krank ist? Sie hat nämlich nicht bloß hohes Fieber, sie ist in einem recht bedenklichen Zustand der Erschöpfung. Ich bin kein Arzt, aber ich möchte nicht die Verantwortung übernehmen für das, was geschehen kann, wenn sie hier noch länger bleibt. Alles andere geht mich nichts an. Fragen Sie sie alles, was Sie wollen – aber später!«

Mrs. Oliver sagte gottergeben: »Natürlich haben Sie recht. Führen Sie sie dort hinein.« Und schon zog die Krankenschwester Caroline mit fester Hand durch die andere der zwei inneren Türen. Caroline hörte noch eine Weile gedämpftes Stimmengewirr vom Wohnzimmer her. Später fiel die Haustür ins Schloß. Das war Carmichael, der fortging.

Erst jetzt sah sie sich um. Sie war in einem kleinen Zimmer mit gelbgetönten Wänden und einem Fenster mit weißen Vorhängen. Es enthielt ein Schlafsofa, einen kleinen Orientteppich, einen Stuhl und eine Stehlampe. Im Augenblick war es nichts als eine kleine, warme Zuflucht vor der feindlichen Stimme und der Nacht draußen und dem, was auf sie wartete. Endlich konnte sie darüber nachdenken, was sie tun mußte. Schon nach fünf Minuten lag sie im Bett. Miss Mayberry reichte ihr mit verkniffenen Lippen ein weiteres Aspirin. Mrs. Oliver erschien, ganz blaß wegen der Entschuldigung, die sie nicht vorzubringen wagte, und brachte ihr eine heiße Limonade mit viel Whisky.

Wie leicht doch ein Mensch seine Identität verlieren kann, dachte

Caroline. Ihr schwamm der Kopf, und sie war sehr schläfrig. Hat man einmal seinen Ausweis nicht bei sich, ist man plötzlich niemand mehr. Dr. Flutter ... mit seinem gesunden Klima ... nächstes Mal kommen Sie selber her, mein lieber Doktor! Ja ... irgendwie mußte sie hier 'raus und zurück in jene Pension, und ... aber daran wollte sie erst später denken. Was für ein nettes Zimmer das war, und wie nett Carmichael aussah ... Wieso dachte sie jetzt eigentlich ausgerechnet an ihn?
Von irgendwoher im Haus drang eine Männerstimme aus einem Radio, die sofort leiser gestellt wurde: »Beim Gongschlag ... zehn Uhr.« Es folgten Nachrichten und eine Reklamesendung für Tee. Dann erstarb die Stimme. Caroline fröstelte und zog die Decke höher. Sie drückte den Kopf tief ins Kissen und versuchte, sich einzureden, der ganze Angsttraum sei vorüber und gehöre bereits der Vergangenheit an und sie selbst sei hier wohlgeborgen. Sie lag zwischen Wachen und Schlafen, da, das Licht spielte auf den verblichenen, aber immer noch schönen Farben des Perserteppichs, und die Farben flossen ineinander zu einem Traum.
Sie sah nie nach dem Fenster am andern Ende des Zimmers. Das intensive Gefühl des Gefährdetseins, das den ganzen Abend hindurch an ihr gezittert hatte, war abgeklungen. Jetzt, wo sie es gebraucht hätte, ließ es sie im Stich ...

Auf seinem Wege zum Revier und zu Trunz zögerte Carmichael einen Moment und bog dann ab, um vor dem *Star* anzuhalten. Die Büros und die Druckerei lagen in einem kleinen Backsteinbau. Der Platzregen war in einen feinen Sprühregen übergegangen. Carmichael warf seine Zigarette weg und stellte gereizt fest, daß im Innern des Gebäudes Licht brannte. Das war natürlich Morton, sein fetter, junger Redakteur, der auf irgendeine Art mit dem Inventar der Zeitschrift auf ihn, den neuen Besitzer, übergegangen war. Ein unermüdlicher junger Mann. Er war immer schon lange vor Carmichael im Büro und verließ es lange nach ihm, ständig beschäftigt mit irgendwelchen Verlöbnisnachrichten oder Nachrufen. Carmichael hätte sich über diesen Eifer eigentlich freuen sollen, aber an Morton ging ihm nun einmal alles auf die Nerven, selbst seine Tugenden. Leider war Morton nicht nur emsig, sondern äußerst tüchtig, und obwohl der *Star* nur eine Wochenzeitschrift von zehn bis zwölf Seiten Umfang war, hätte Carmichael doch nicht allein damit fertigwerden können.
Er hatte keine Lust, Morton herauszuklopfen, und benutzte deshalb

seinen Schlüssel. Drinnen schaltete er das Licht an. Ein großer, grüngestrichener, spärlich möblierter Raum lag im Halbdunkel da. Die drei Schreibtische darin gehörten Morton, dem Werbemann und dem Buchhalter. Carmichaels kleines Büro lag gleich dahinter. Es war eigentlich mehr ein Verbindungsgang zwischen dem Büro und dem Setzerraum, und in diesem kleinen Winkel brannte das Licht, das er von draußen gesehen hatte. Morton erschien. Sein Gesicht strahlte.

»Hallo, Mr. Carmichael! Mir ist eben eingefallen, daß ich die Einzelheiten der Hochzeit Coudette nochmals überprüfen sollte. Ich habe einmal ein Brautkleid unrichtig beschrieben und – mm, ich möchte so etwas nie mehr erleben.«

Wenn Morton nicht an der Schreibmaschine sitzt, dachte Carmichael, ist er geradezu eine Operettenfigur. »Machen Sie sich nicht zu viele Sorgen«, sagte er freundlich, setzte sich an seinen Schreibtisch und blätterte im Telefonbuch.

Es gab fünf Ärzte, eigentlich nur vier, weil einer davon in den Ferien war. Carmichael rief die vier an und brachte damit eine weitere Zweifelsquelle zum Versiegen: Keinem war ein Unfall gemeldet worden.

Er blieb eine Weile sinnend an seinem Schreibtisch sitzen, starrte auf die Korrekturbogen und fühlte das Gewicht des Frauenschuhs in seiner Tasche. Einen Augenblick sah er Carolines verzweifeltes Gesicht vor sich, unsicher lächelnd, merkwürdigerweise vor einem dunklen, regennassen Hintergrund. Wenn nur Wicklow nicht so abgelegen wäre! Wenn man sie nur auf einen Zug oder einen Bus bringen könnte, der sie viele Meilen wegtrüge – in die Sicherheit. Aber das war unmöglich. Er starrte noch eine Weile vor sich hin, rief dann Morton ein »Gute Nacht« zu und ging hinaus.

»Verdammt!« sagte Trunz und sah kopfschüttelnd den Schuh auf seinem Schreibtisch an. »Wie habe ich den nur übersehen können?«

»Ich hätte ihn auch beinahe übersehen«, sagte Carmichael. »Ein Steinbruch bei Nacht ist nicht der bequemste Ort, um nach etwas zu suchen.«

Da stand der Schuh und glänzte schwarz im Lampenlicht. Es war fast, als sei eine dritte Person im Zimmer. Ein bequemer, vernünftiger Schuh, dachte Carmichael, ein Schuh, der sich schlecht in Verbindung bringen ließ mit einem Stelldichein an einem verschwiegenen Ort. Und doch – gerade dorthin hatte er seine Besitzerin getragen. Diese Besitzerin war ziemlich sicher eine ältere Frau. Wenn Trunz wenigstens eine Frau wäre, dachte Carmichael grimmig, vielleicht würde ihm beim Anblick des Schuhs irgend etwas einfallen. Größe 9 – das wollte heute nicht mehr viel besagen. Die zierlichsten jungen Dinger hatten manchmal erstaunlich große Füße. Seine Phantasie hatte sich bereits festgelegt auf eine Frau in den Fünfzigern, grauhaarig, tüchtig, aber gefährlich naiv, die in schwarzen Kleidern mit winzigem Pelzkragen auf bequem beschuhten Füßen ihrem Tode entgegenwanderte. Er betrachtete eindringlich den Schuh, aber das Bild, das er sich von der Besitzerin machte, blieb hartnäckig bestehen.

Trunz nagte verlegen an seiner Unterlippe. »Ich weiß nicht. Manchmal liegen die blödsinnigsten Sachen herum, ohne jeden Grund. Aber im Rahmen der Geschichte – ob die Person nun phantasiert ist oder nicht . . . Ich glaube, ich muß dem Chef Meldung machen.«

Carmichael hatte schon den Mund aufgemacht, um zu sagen, Polizeichef Merriman werde vor Abhaltung der nächsten Gemeindeversammlung niemals einen Mord gestatten – aber dann behielt er die Bemerkung für sich. Sein geistiges Bild von der Frau, die vor kurzem neue Schuhe gekauft hatte, begann sich in Bewegung zu setzen. Trunz nahm den Telefonhörer von dem Apparat auf seinem Schreibtisch ab. Carmichael sah auf seine Uhr, stellte fest, daß sie ein Viertel nach zehn zeigte, und ging rasch zum kleineren Schreibtisch mit einem zweiten Telefon.

Es gab zwei Taxifirmen im Städtchen, Teddy und – wie zum Teufel hieß die andere? Ach ja, Ace! Beide arbeiteten nur bis zehn, aber sie waren wahrscheinlich noch beim Aufräumen. Carmichael sah im Telefonbuch nach, verlangte Teddys Nummer und zündete sich eine Zigarette an. Eine gelangweilte Frauenstimme meldete sich. Nein, sagte sie nach kurzer Pause, sie hatten heute keinen ortsfremden Gast vom Bahnhof oder der Busstation abgeholt, nur ein paar Hiesige. Es war überhaupt geschäftlich ein flauer Tag gewesen, sagte sie aufrichtig.

Hinter ihm, am großen Schreibtisch, sagte Trunz: »Geht in Ordnung, Sir. Ich werde Ihnen sofort melden, wenn . . .«

Carmichael rief die Firma Ace, wo Aces Frau sich meldete. Sie sagte, da wüßte wirklich nur ihr Mann Bescheid und der sei jetzt gerade bei *Pietro* und esse dort Spaghetti.

Carmichael legte auf. Trunz räusperte sich und schob den Schuh auf dem Tisch herum, als habe dieser schon einen Teil seiner Wichtig-

keit verloren. »Ich habe eben mit dem Chef gesprochen«, sagte er. »Es genügt, wenn wir abwarten, ob irgend jemand als vermißt gemeldet wird und . . .«
»Oh, du lieber Himmel«, sagte Carmichael voll müder Verachtung, »wenn es sich um eine Hiesige handelte, hätte sich ihre Familie längst gemeldet oder doch irgendwelche Nachbarn oder Freunde. Die ist natürlich von auswärts gekommen, in ihren schönen, neuen Schuhen, und irgend jemand, der sie los sein wollte, schleppte sie zum Steinbruch und brachte sie um. Alles andere ist völlig absurd.«
»Es ist noch manches absurd«, sagte Trunz tiefsinnig.
»Jawohl! Zum Beispiel der Schuh dort, wenn man ihn als Einzelstück betrachtet. Aber im Zusammenhang mit der Geschichte des jungen Mädchens ist er es nicht mehr. Entweder halten Sie das Mädchen für betrunken oder verrückt, oder aber Sie müssen ihre Erzählung ernst nehmen.«
»Wenn etwas dran ist, wird es sich schon herausstellen.«
»Klar! Sie brauchen nur auf einen Telefonanruf zu warten«, sagte Carmichael gedehnt. Er griff nach seinem Hut. »Merriman kann friedlich schlafen. Es wird niemand anrufen. Heute nacht jedenfalls nicht mehr, und nicht von . . .« – Das Telfon schrillte. Trunz ließ es ein Weilchen klingeln und genoß triumphierend Carmichaels Gesichtsausdruck, bevor er den Hörer abnahm.
Eine aufgeregte Frauenstimme zwitscherte am anderen Ende der Leitung, während Carmichael wartete, die Hände geballt, die Augen fest auf Trunz gerichtet. Dieser unterbrach schließlich das aufgeregte Geplätscher: »Ja, ja . . . eh . . . ich weiß, aber Sie müssen die Feuerwache anrufen, die haben alles Nötige, wir können da nichts machen.« Er legte auf.
Carmichael entspannte sich und sah Trunz höflich interessiert an. Dieser sagte übellaunig: »Können Sie mir vielleicht erklären, wie ein Zweijähriger dazukommt, sich zu dieser Nachtzeit in der Toilette einzuschließen?«
Carmichael ging auf die Türe zu. »Es ist eben manches absurd«, sagte er ernst.
Er war schon auf der Straße und außer Hörweite, als das Telefon abermals klingelte.

7

Caroline sah auf die Uhr auf dem weißen Bücherregal. Nein, sie war nicht stehengeblieben. Der Dämmerschlaf, von dem sie geglaubt hatte, er hätte sie viele Stunden weit in die unheimliche Nacht hineingetragen, das Gewaltsame, weswegen sie zitternd aufgefahren war – alles das hatte keine zehn Minuten gedauert. Es war genau Viertel nach zehn.

Der Mörder mußte sie vom Augenblick an, da das Licht angegangen war, beobachtet haben. Der Rolladen am Fenster konnte nur halb geschlossen werden, aber Mrs. Oliver hatte erklärt, das Fenster gehe auf einen nicht mehr benutzten Weg zwischen ihrem Hause und dem Clives hinaus, und außerdem stehe auf Clives Seite eine sehr hohe, dichte Hecke. Aber als das Licht auf den verlassenen Weg fiel, hatte dort jemand gestanden. Wie wachsam jemand sein muß, der getötet hat! Wachsam und geduldig. Er muß im Regen stehen und warten können und den Impuls zu handeln bis zum richtigen Augenblick unterdrücken. Aber war nicht im Grunde alles wie geplant gewesen?

Caroline ging auf und ab, als fürchte sie sich, stillzustehen. Das Zimmer lag im Erdgeschoß. Gerade um die Ecke war Mrs. Olivers Steingarten, mit seiner Auswahl von handlichen Blöcken, alle kantig und schwer, die richtigen Wurfgeschosse für eine zu allem entschlossene Hand.

Zum drittenmal schon sagte sie zu Mrs. Oliver, die erschüttert auf der Sofakante saß: »Es tut mit so leid wegen des Bettes, ich werde es natürlich reparieren lassen.« Und Mrs. Oliver schüttelte schweigend und ablehnend den Kopf.

»Ein Glück, daß Sie sich noch rechtzeitig aufgesetzt haben«, sagte Lydia mit entsetzten Augen, und Caroline unterbrach ihr roboterhaftes Auf und Ab im Wohnzimmer lange genug, um zu antworten: »Ja, nicht wahr?«

Der Stein, ein großes, kantiges Oval, an dem noch nasse Erde klebte, hatte das Kopfbrett des Schlafsofas zerschmettert. Obschon die Distanz zwischen Fenster und Bett kurz war, war das Wurfgeschoß dennoch mit irrsinniger Gewalt geschleudert worden. Es hatte die Scheibe durchschlagen, das Kissen durchpflügt und war an die getäfelte Wand gekracht. Hatte irgend etwas Caroline im letzten Augenblick gewarnt? Sie wußte nur, daß sie sich voller Entsetzen im Bett aufgerichtet hatte und daß das Krachen immer noch in ihrem fieberigen Kopf widerhallte, als die Tür aufgerissen wurde.

»Sie sollten sich jetzt wirklich hinsetzen, Miss Emmett«, sagte Julie Muir heftig. »Und Henry könnte endlich kommen.«
Caroline setzte sich folgsam. Sie sah auf Julie, die, wiederum in weiße Seide gehüllt, aus ihrem Zimmer aufgetaucht war, das Gesicht voll Feinseligkeit. Sie sah Mrs. Oliver, bleich aber kampflustig, auf dem andern Ende des Sofas sitzen, und Lydia, deren Lieblingssessel von Julie besetzt war, kauerte auf einem niedrigen Hocker, das junge Gesicht mit den finsteren Brauen in beide Hände gestützt. Caroline hatte das unheimliche Gefühl, als trenne sie eine dicke Glaswand von den anderen, als habe ihr Entschluß, fortzugehen und das Ende der Nacht in ihrem Zimmer in der Pension abzuwarten, sie schon völlig einsam gemacht.
Sie warteten auf Henry, der draußen in der feuchten Nacht nach Spuren suchte. Die erregte, gespannte Stimmung, die alle beherrschte, paßte so gar nicht in das freundliche, hellerleuchtete Wohnzimmer. Trotz Julies gereizten Blicken vermochte Caroline nicht länger stillzusitzen. Sie stand auf. »Darf ich?« fragte sie Mrs. Oliver und nahm eine Zigarette. Sie fühlte sich, so sinnlos dies scheinen mochte, sicherer, wenn sie in Bewegung war. Ein Geräusch vom Vorplatz zog alle Blicke zur Tür. »Das muß Henry sein«, sagte Lydia.
Aber die Tür war abgeschlossen, daran hatten sie gar nicht gedacht. Lydia stand auf, um zu öffnen. Abgeschlossen und verriegelt, dachte Caroline, kurz nach zehn, an einer ruhigen Landstraße ... Und doch kam es ihr nicht übertrieben vor. Im Gegenteil, sie dachte an die vielen anderen Türen.
»Nichts«, sagte Henry. Er atmete schwer, und Caroline sah ihn zum erstenmal erregt und verärgert. »Ich habe sogar Clives Hecke abgesucht, aber ich habe nirgends eine Spur gefunden. Wir sollten die Polizei anrufen. Wenn wir Glück haben, kommt sie noch vor dem nächsten Wochenende.«
Sie hörten Henry telefonieren, und Lydia sagte: »Jetzt müssen wir wieder dasitzen und warten. Ich habe schon Wasser aufgesetzt für Kaffee – aber es ist kein Kaffeepulver mehr im Hause.«
»Macht nichts, Hansens Laden hat bis elf Uhr offen«, sagte Mrs. Oliver mit einem dankbaren Blick auf ihre jüngere Tochter. »Wir müssen unbedingt Kaffee und Zigaretten haben. Henry kann ja hinfahren.«
Und mich gleich mitnehmen, dachte Caroline. Denn, nicht wahr, man mag noch so verängstigt und verletzt und fiebrig und gefährdet sein, es gab immerhin eine Grenze für das, was man andern, die ja

gar nichts mit der Sache zu tun hatten, zumuten durfte. Aber Lydias Kaffee bedeutete einen gnadenreichen Aufschub. Sie durfte den noch abwarten, und noch ein Weilchen im Licht und unter Menschen sein.

Es klopfte, und sie fuhren nervös zusammen. Unter der Tür erschien Miss Mayberrys von Lockenwicklern geziertes Haupt. »In der Aufregung haben wir Julies Spritze vergessen«, sagte sie und sah sich neugierig um. »Ich habe merkwürdige Geräusche gehört. Ist eigentlich alles in Ordnung?«

Die Zeit verstrich mit lähmender Langsamkeit während Mrs. Olivers Erklärungen und Miss Mayberrys entsetzten Fragen. Als Lydia in die Küche ging, war Caroline froh, ihr dorthin zu folgen. Unterdessen war Miss Mayberry, kompetent und tüchtig wie immer, nicht müßig geblieben. Sie entführte Julie in deren Zimmer, obwohl diese protestierte, die Leberinjektionen nützten überhaupt nichts.

»Vielleicht nicht«, antwortete Miss Mayberry munter, »aber das müssen Sie Dr. Marsh erzählen.«

Die Küche war eng und altmodisch und warm. Die Schränke waren weiß gestrichen, und neben dem schwarzen Herd stand ein schäbiger Schauckelstuhl. Henry Oliver stand am Ausguß und hantierte mit Eis und Mineralwasser.

»Die Tassen sind dort oben«, sagte Lydia und fügte, nicht ohne Aufregung, hinzu: »Kaffee, um diese Zeit! Das ist großartig – trotz allem!«

Caroline betrachtete sie und überlegte, was wohl geschehen müsse, um sie aus der Fassung zu bringen. Sie stellte die Tassen zurecht und sagte zu Henry: »Ihre Mutter möchte, daß Sie im Laden ein paar Besorgungen machen. Könnten Sie mich bei dieser Gelegenheit in meine Pension fahren?«

Henry sperrte seine trägen Augen weit auf. »Wieso denn? Sie bleiben doch hier?«

»Nein«, sagte Caroline und schloß kurz die Augen. »Ich habe hier genug Unheil angerichtet, und übrigens wäre ich ja dort gut aufgehoben, es weiß ja niemand, wo ich wohne.«

»Wo wohnen Sie eigentlich?« erkundigte sich Lydia.

»Bei Mrs. Gill. Es ist eine Pension.«

»Es ist sogar die einzige im ganzen Ort. Die Leute kommen nach Wicklow und suchen ein Hotel, und alles, was sie finden, ist Mrs. Gills Pension. Es braucht wirklich nicht viel, um herauszufinden, wo Sie wohnen.«

Caroline fröstelte in der Erinnerung an das hohe verwinkelte Treppenhaus, das zu ihrem Zimmer im dritten Stock hinaufführte, an die dunklen Gänge, die altmodischen und unbrauchbaren Türschlösser. Es würde eine sehr lange Nacht werden in Mrs. Gills Pension . . .

Henry warf ihr einen Blick zu. »Taktvoll«, sagte er, mit einer sarkastischen Kopfbewegung zu seiner Schwester. »Sie hat eine wundervolle Gabe, im richtigen Moment das Falsche zu sagen.«

»Es ist doch wahr«, sagte Lydia unangefochten.

»Ich fände es Wahnsinn, dort zu übernachten. Besonders, wenn er weiß, daß es ihm nicht gelungen ist . . .«

Henrys Blick brachte Lydia jetzt doch zum Verstummen, aber es war klar, was sie meinte.

In Carolines Kopf wirbelten die Gedanken durcheinander. Sie mußte versuchen . . . versuchen, im Halbdunkel Mrs. Gills Treppe hinaufzukommen; versuchen, mit den alten Schlössern und der Feuerleiter vor dem Fenster fertigzuwerden. Was würde es diesmal sein . . . Wieder ein Stein? Oder einfach Hände . . . Hände, die aus dem Dunkeln auf sie zutasteten, um sich um ihren Hals zu legen?

Caroline trank einen Schluck heißen Kaffee und stellte dann die Tasse ab. Ohne Henry und Lydia anzusehen, flüsterte sie: »Ich will mich jetzt anziehen.«

Das Bad hatte nur ein Fenster, verhüllt von einem silbrig glänzenden Plastikvorhang. Caroline drehte ihm entschlossen den Rücken zu, um sich auf die Probe zu stellen. Ihre Unterwäsche war trocken, ihr Tweedkostüm, das in vorsichtiger Distanz vom Ofen hing, dampfte immer noch warm und feucht. Sie zog es an und kam sich bei jedem Knopf, den sie zuknöpfte, vor, als mache sie sich fertig, um von einem hohen Sprungbrett in die Tiefe zu tauchen. Ihre Strümpfe waren so zerrissen, daß sie es vorzog, die Füße nackt in die nassen Schuhe zu zwängen.

Mit ihrem brennenden Gesicht und ihrem vom Regen krausen Haar ließ sich nicht viel anfangen, obwohl ihr Lydia Kamm und Lippenstift überlassen hatte. Sie tat ihr Möglichstes und betrachtete sich im Spiegel über dem Waschbecken. Sie sah nicht ganz so irrsinnig aus wie vorher, aber auch nicht vertrauenerweckend. Der Kamm fiel ihr klappernd aus der Hand auf die Glasplatte: Jemand öffnete die Haustür, und sie hörte eine Männerstimme.

Wahrscheinlich die Polizei . . . Sie mußte jetzt schildern, wie der Stein an ihrem Kopf vorübergesaust war, und dann würden sie draußen den Boden absuchen, und dabei blieb es dann. Und sie würden ihr versichern, es werde schon nichts mehr passieren. Caroline legte Lydias Lippenstift auf die Glasplatte und ging ins Wohnzimmer, wo sich ihr eine merkwürdige Szene bot.

Vor dem dunklen Hintergrund der Aprilnacht stand in der halbgeöffneten Haustür ein großer junger Mann, hutlos, mit einer Windjacke bekleidet. Er stand halb auf der Schwelle, halb in der kleinen Vorhalle. Und vor ihm stand Henry und versperrte ihm, wie zufällig, den Weg ins Wohnzimmer. Am Kamin stand, klein und steif aufgerichtet, Mrs. Oliver.

Henry sagte eben in einem Ton höflichen Erstaunens: »Hören Sie, versuchen Sie immer, um diese Zeit Vorfenster zu verkaufen, Mr. . . .«

»Longfellow«, ergänzte zuvorkommend der junge Mann. Seine Augen standen in seltsamem Widerspruch zu seinem hübschen heiteren Gesicht. Sie waren schläfrig und schwer, als hielte er sie nur mit großer Mühe offen. »Ich weiß, es ist spät, aber ich habe eben, etwas weiter oben an der Straße, ein Geschäft abgeschlossen, und als ich bei Ihnen all die Lichter brennen sah, habe ich mir gedacht, ich könnte es wenigstens versuchen. Ich will Sie natürlich nicht stören, ich darf Ihnen aber vielleicht diesen Prospekt dalassen und ein anderes Mal . . .«

Henry unterbrach ihn: »Ihr Arbeitgeber mutet Ihnen allerhand zu, wenn er verlangt, daß Sie so spät noch arbeiten«, sagte er, immer im selben höflichen Ton.

»Ach nein«, sagte Mr. Longfellow entschuldigend und schickte seinen müden Blick in die Runde. Er fiel auf Carolines Gesicht und wandte sich rasch wieder ab. »Ich arbeite seit kurzem auf eigene Rechnung.« Dann wurde er wieder munter und sagte: »Da ich schon hier bin, darf ich Ihnen vielleicht ein bißchen Auskunft geben über unsere Vorfenster, Marke Luminette . . .«

Niemand hinderte ihn daran. Henry Oliver nickte gelangweilt, Mrs. Oliver entspannte sich sichtlich und wandte sich vom Kamin ab. Miss Mayberry stand vom Stuhl auf, auf dessen äußersten Rand sie sich niedergelassen hatte, und ging in Julies Schlafzimmer zurück. Nur Caroline blieb unbeweglich und stumm wie eine Statue, als könne sie auf diese Weise die Aufmerksamkeit von sich ablenken. Dabei hatte der heitere junge Mann sie längst gesehen, sie wußte das, aber ihr Verstand wollte es nicht wissen.

Die Augen des jungen Mannes hatten nichts Heiteres.

Sie hätte sich nicht zu ängstigen brauchen. Der junge Mann streifte

ihr Gesicht mit keinem Blick mehr, obgleich er ihr gegenüberstand, während Henry zerstreut in seinem Prospekt blätterte. Er sah flüchtig auf ihr Kleid oder auf ihre Füße, um dann seine Augen sofort wieder abzuwenden und aufmerksam auf Henrys Gesicht zu richten. Er redete immer wieder von seinen Vorfenstern, und Caroline hörte seine Worte, ohne sie zu verstehen. Wenn sie vorhin Mr. Clives gutmütig-neugierige Musterung mit größtem Mißbehagen ertragen hatte, so erfüllte sie jetzt der Blick des jungen Mannes, der nie über ihren Jackenknopf hinauswanderte, mit nervöser Angst.
Schließlich ging er mit wiederholten, höflichen Entschuldigungen, und Caroline konnte sich endlich wieder rühren. Henry warf ungeduldig den Prospekt auf das Bücherregal. »Und ich habe mir eingebildet, das sei nun endlich die Polizei! Wo zum Teufel bleiben die eigentlich . . .?«
Caroline ging an ihm vorbei zum Bücherregal und ergriff den Prospekt. »Ich verstehe ja nichts von solchen Dingen«, sagte sie, »aber der April ist doch eine höchst merkwürdige Zeit, um Vorfenster verkaufen zu wollen, oder nicht?«
»Doch. Aber vielleicht geht er davon aus, daß die Leute sich schon jetzt auf den Herbst vorbereiten wollen – oder so etwas Ähnliches. Übrigens, als er hereinkam, hatte ich den Eindruck, es sei irgend etwas nicht in Ordnung mit ihm, ein Beweis dafür, was eine aufgescheuchte Phantasie alles anrichten kann.«
Caroline schwieg. Miss Mayberry kam auf Zehenspitzen herein. Sie schloß Julies Tür hinter sich und ließ einen forschenden Blick durch das Zimmer schweifen. »Was für ein munterer Bursche!« sagte sie mißbilligend.
»Ja, nicht wahr?« antwortete Caroline mit zusammengebissenen Zähnen.
In dem entstandenen Schweigen hörte man in der Küche Wasser laufen und das Klappern von Geschirr. Miss Mayberry schloß den Reißverschluß ihrer Tasche und wandte sich zum Gehen. Unter der Tür blieb sie stehen. »Es ist natürlich dummes Geschwätz von mir, und ich sollte nicht so reden, aber haben Sie seine Augen bemerkt? Jetzt, da er fort ist, sage ich es trotzdem . . . er hat den Blick eines Rauschgiftsüchtigen.«
Es war zehn Minuten vor elf, und der Regen hatte erneut eingesetzt. Es war nicht mehr das weiche Nieseln von vorhin. Schwere Tropfen trommelten kräftig an die Scheiben und liefen silbrig am Glas hinunter. Mrs. Oliver sah blaß und müde aus. Ihre Frisur glich immer mehr einem leeren Vogelnest. »Miss Emmett – Caroline«, sagte sie.

»Ich kann Sie keinesfalls heute nacht weglassen. Es ist unmöglich! Bedenken Sie, wie uns allen zumute wäre, wenn Ihnen etwas zustieße!«
»Es wird mir nichts zustoßen«, sagte Caroline bestimmt, und obwohl die Gesichter Henrys, Mrs. Olivers und Lydias ihr aufmerksam zugekehrt waren, sprach sie eigentlich zu sich selber, um sich Mut zu machen. »Wenn Henry mich in den Ort fährt, kann ich heute nacht noch ein Telegramm an die Sekretärin meines Arztes schicken, damit sie mir morgen Geld für die Rückreise anweist. Danach gehe ich auf mein Zimmer und schlafe, und morgen früh wird alles ganz anders aussehen.«
»Das Telegrafenamt ist geschlossen.« Lydias Worte kamen gepreßt aus ihrem Munde.
»Dann darf ich vielleicht von hier aus telefonieren, wenn Sie erlauben, nur damit ich sicher bin . . .«
»Es kommt jemand«, sagte Henry brüsk und trat ans Fenster.»Jetzt hat sich Trunz endlich zum Kommen entschlossen – halt, nein, verdammt, es ist eine Frau.«

Es war eine hochgewachsene Frau, noch etwas größer als Henry, mit einem mageren, intelligenten Gesicht und kurzen blonden Haaren, die sich ihr über die Ohren ringelten. Caroline stellte automatisch fest, daß der Regenmantel und die karierten Hosen, die sie so lässig trug, sehr viel Geld gekostet haben mußten.
»Mrs. Oliver?« fragte die Frau, mit einer tiefen, etwas heiseren Männerstimme. »Ich bin Ihnen zweifellos höchst unwillkommen, und es ist wahrhaftig nicht die Zeit, um fürs Rote Kreuz zu betteln, aber ich bin Mrs. Vermilya und wohne da gleich um die Ecke. Sie sind die letzte auf meiner Sammelliste, und ich bin hundemüde und möchte die Sammlung heute noch abschließen.«
»Aber bitte, ich verstehe Sie sehr gut«, sagte Mrs. Oliver widerstrebend. »Treten Sie ein, Mrs. Vermilya. Dies ist mein Sohn Henry . . .meine Tochter Lydia . . .unsere Freundin Miss Emmett.«
Nach einer allgemeinen Begrüßung wandte sich die Besucherin an Mrs. Oliver. »Ich wollte Ihnen schon längst einen Antrittsbesuch machen . . .Sie wohnen seit etwa einem Jahre hier, nicht wahr? Aber . . .ach, Sie wissen sicher selber, wie das ist . . .«
»Natürlich«, sagte Mrs. Oliver höflich. »Man kommt nicht mehr dazu, nachbarliche Besuche zu machen, es gibt immer so viel zu tun . . .«
» . . .so gräßlich viel zu tun«, verbesserte die Besucherin. »Und da

habe ich mich nun noch für diese Sache herumkriegen lassen, kein Mensch weiß warum, ich hasse es, Leute anzubetteln, vor allem Nachbarn. Wenn Sie aber bereits etwas gegeben haben, oder wenn Sie überhaupt keine Lust haben, etwas zu geben, sagen Sie es mir ruhig, und ich verschwinde wieder.«

»Nein«, sagte Mrs. Oliver. »Natürlich möchte ich etwas spenden. Lydia, hol doch bitte mein Scheckbuch – Lydia!«

Lydia raffte sich aus ihrem Halbschlaf auf und ging hinaus.

Mrs. Vermilya mit ihrer rauhen, tiefen Stimme: »Das ist ein wunderschönes altes Haus, wirklich schön! Wohnen Sie in Wicklow, Miss Emmett, oder sind Sie hier nur auf Besuch?«

»Nur auf Besuch«, sagte Caroline, »und morgen fahre ich leider schon wieder weg.« Sie sah der Fragerin in die gescheiten grünen Augen und fügte hinzu: »Ein reizender Ort.«

»Klein«, sagte Mrs. Vermilya trocken. »Und je kleiner die Stadt, desto mehr tut sich unter der Hand. Man sollte nicht für möglich halten, was in so einer Kleinstadt alles vorgeht, nicht wahr, Mrs. Oliver?«

Was für durchdringende Augen sie hatte!

»Ja, ja, man glaubt es gar nicht«, sagte Mrs. Oliver leise. Dann schrieb sie ihren Scheck aus und fächelte ihn trocken.

Mrs. Vermilya nahm dankend Abschied. »Ich habe mich sehr gefreut, Ihre Bekanntschaft zu machen, Miss Emmett. Hoffentlich sehen wir uns einmal wieder. Wicklow hat ein so gesundes Klima – und Sie sehen erholungsbedürftig aus.«

Caroline lächelte und sagte irgend etwas Gleichgültiges. Ihre Nägel gruben sich in die Handballen und lockerten sich erst, als die Tür hinter Mrs. Vermilya ins Schloß fiel.

Henry, der die Besucherin zur Tür gebracht hatte, trat wieder ein. Mrs. Oliver meinte, Lydia sollte endlich schlafen gehen. »Du hast schon mehr als halb geschlafen, als ich dich bat, das Scheckbuch zu holen. Ich habe es sogar zweimal sagen müssen.«

»Ich habe nicht geschlafen. Ich habe mir bloß etwas überlegt. Wir hatten letztes Jahr in der Schule eine Schwimmlehrerin namens Mrs. Vermilya. Sie wohnte gleich hier um die Ecke. Und die da«, Lydia wies mit dem Kinn zur Tür, »war nicht Mrs. Vermilya.«

8

Pietro war ein schummriger Keller mit viel Stuckverzierungen und bernsteingelbem Licht. Eine lange Theke nahm fast die ganze eine Längsseite ein. An der gegenüberliegenden Wand waren Nischen. Als Carmichael kurz vor halb elf den Plattenweg zwischen den Beeten mit regenzerzausten Tulpen und Schwertlilien heraufkam, waren Theke und Nischen fast vollständig besetzt.

Wo war George? Carmichael blieb in der Tür stehen, bis sich seine Ohren an das Stimmen gewirr und das Schmettern des Musikautomaten gewöhnt hatten, und bald tauchte auch George auf, mit seinem freundlich grinsenden Gesicht und seinem ständig mit leeren Biergläsern vollgestellten Tablett.

»Guten Abend, Mr. Carmichael. Die Spaghetti sind sehr gut heute abend – und die Ravioli.«

Carmichael schüttelte zerstreut den Kopf. Der Kellner hatte etwas Unwirkliches in dem dämmerigen Licht. Er wußte kaum mehr, weshalb er hergekommen war.

»Wer ist der Besitzer der Ace-Taxis? Ich sollte es eigentlich wissen, aber ich habe keine Ahnung.«

»Das ist Mr. Cream, Bill Cream«, sagte George. »Er ist übrigens gerade hier, in der letzten Nische hinten.«

»Was trinkt er?«

George rollte die Augen: »Whisky, Rotwein, und im Moment Bier.«

»Dann bringen Sie uns bitte zwei Bier«, sagte Carmichael und wanderte durch das von Geräuschen erfüllte Bernsteinlicht zur hintersten Nische. Dort saß ein Mann mit rotem Gesicht und einer Knollennase, der ihm irgendwie bekannt vorkam. »Mr. Cream? Mein Name ist Carmichael. Darf ich mich für einen Moment zu Ihnen setzen?«

»Carmichael?« sagte Bill Cream. »Doch nicht der Herausgeber des *Star*?«

»Doch. Es handelt sich um . . .«

»Liebling!« sagte eine girrende Frauenstimme dicht an Carmichaels Ohr. Er sah sich unbehaglich um und stellte erleichtert fest, daß der schmelzende Blick der hinter ihm stehenden Brünetten auf Bill Cream gerichtet war. »Wie geht's Ihrer Frau?«

»Ja, also . . .« begann Bill gewissenhaft und erging sich dann in einem Strom von Einzelheiten, die Carmichael zum Staunen brachten. Immerhin, der Herausgeber einer Landzeitung ist es sich schuldig, auf dem laufenden zu sein, und er nahm also zur Kenntnis, daß die Creams jeden Augenblick die Geburt eines Babys erwarteten. Schließlich rauschte die üppige Brünette davon, und George erschien mit dem Bier. Carmichael stellte seine Frage, bemüht, jede Dringlichkeit aus seinem Ton fernzuhalten. Bill kratzte sich die rechte Augenbraue und dachte angestrengt nach. »Also, warten Sie einmal. Das Taxi fahren Brownell und ich abwechselnd, er von sieben bis drei, und ich von drei bis zum Feierabend um zehn. Soviel ich mich erinnere, hat Brownell heute bloß sechs Fahrten gehabt, alles hiesige Kundschaft. Da war das Essen im Gartenklub, und dazu Leute, die den Bostoner Zug nahmen und so.«

»Mich interessieren vor allem die späteren Nachmittagsstunden«, sagte Carmichael, seine Ungeduld zügelnd. »Der Bus aus Boston und die ankommenden Züge, so ungefähr bis sechs Uhr dreißig.«

Bill tat einen tiefen Zug aus seinem Bierglas und starrte auf das Tischtuch. »Mr. Whitehead«, murmelte er vor sich hin, »Ella Danforth, die Gibneys, die alte Miss vom Schreibwarenladen . . .«

Er hielt inne. »Da war noch jemand«, sagte er dann. »Eine Frau, die mit dem Fünfuhrzug kam. Ich habe sie nie vorher gesehen, und an der Art, wie sie sich umschaute, konnte man merken, daß sie von auswärts war. Meinen Sie vielleicht die?«

»Vielleicht«, sagte Carmichael so beiläufig wie möglich. Er hatte Mühe, seine Freude zu unterdrücken. »Wohin haben Sie sie gefahren?«

»Zu Mrs. Gill«, sagte Bill, und dann mit einem schiefen Lächeln: »Wohin denn sonst?«

»Sie wissen natürlich nicht, wie sie heißt?« Carmichael warf einen Blick auf seine Uhr und stand auf, aber Bill wurde plötzlich neugierig.

»Nein«, sagte er. »Aber hören Sie, um was handelt es sich eigentlich? Ist sie etwas Besonderes?«

»Nicht, daß ich wüßte«, sagte Carmichael, bedankte sich und verließ das Lokal. Er hatte das seltsame Gefühl, daß jedes weitere Reden, jede Verbreitung von Gerüchten Caroline Emmett in noch größere Gefahr bringen würden. Vielleicht war es auch nur das uralte Gebot, daß, wer einem gefährlichen Tier gegenübersteht, sich möglichst ruhig verhalten soll. Es war ganz klar, was in dem Mörder vorgehen mußte: Sie können mich ja nur einmal hängen. Jetzt kommt es auf eine mehr oder weniger schon gar nicht mehr an. Das war das Gefährlichste, das Wissen: Sie hat mich gesehen – was habe ich zu verlieren?

Aber Caroline hatte versichert, sie habe das Gesicht des Mannes nicht gesehen, noch seine Stimme gehört. Wer kann aber ganz sicher sein, daß das Licht einer Taschenlampe, die er in den Händen hält, nicht doch sein Gesicht streift? So blieb ihm nur diese eine Nacht, um das Mädchen zu beseitigen, und das hastige Verbergen der Leiche wies auf Fluchtabsichten hin. Zu Beginn waren alle Umstände dem Mörder günstig gewesen: Das Opfer kam von auswärts und würde also nicht sofort vermißt werden . . .dann der Nebel . . .der verlassene Steinbruch, den oft wochenlang kein menschliches Wesen besuchte. Caroline Emmett hatte ihm seinen ganzen Plan über den Haufen geworfen. Durch reinen Zufall, durch ein Zusammentreffen, das von Sekunden abhing, hatte seine Tat eine Mitwisserin, wo nur Nebel, Bäume, ein verlassener Steinbruch hätten sein sollen . . . Aber wie lange würde die Mitwisserin noch am Leben sein?

Carmichael trat immer heftiger auf das Gaspedal. Mit quietschenden Reifen hielt er dann in der Nähe von Mrs. Gills Pension. Er erinnerte seine gespannten Nerven noch einmal daran, daß seine einzigen Anhaltspunkte ein neuer schwarzer Schuh, Größe 9, und ein Ausdruck nackten Grauens auf dem Gesicht eines ihm bisher unbekannten Mädchens waren.

Dann ging er die Freitreppe zu Mrs. Gills Pension hinauf. Die Fliederbüsche im kleinen Garten hinter ihm raschelten leise, während er auf den Klingelknopf drückte. Mrs. Gill öffnete selber – eine rosige, mollige Witwe in reiferen Jahren.

»Ei, ei, Mr. Carmichael!« rief sie neckisch. »Sie möchten sicher wieder Ihr altes Zimmer haben? Sie sind der netteste Gast, den ich je hatte, obwohl ich ja sagen muß, die Bierflaschen in der Badewanne letzten Sommer . . .«

»Die bleiben dort wirklich schön kühl«, sagte Carmichael munter und trat in die dunkle, große Halle. Alles war noch genau wie einst, die Mahagonitreppe, die sich im Schatten verlor, der geschnitzte Garderobenständer, die Wachsrosen auf den Tischchen unter dem massiven grünlichen Spiegel, der durchdringende Geruch nach Möbelpolitur.

Er sagte: »Eigentlich komme ich wegen eines Ihrer Gäste.«

»Oh?« sagte Mrs. Gill, und in ihre Freundlichkeit mischte sich Mißtrauen. »Und wer wäre das . . .?«

»Die Frau, die mit dem Fünfuhrzug angekommen ist. Bill Cream hat sie mit dem Taxi hergebracht.«

»Oh, Miss White.« Mrs. Gill wandte sich ab und streichelte mit der Spitze ihres molligen Zeigefingers die Wachsrosen. Dann sah sie

ihn wieder an. »Und was wollten Sie von ihr?« War sie nicht ein klein wenig vorsichtig unter all ihrer Höflichkeit?
»Ich möchte sie einen Augenblick sprechen«, sagte er, ohne den Blick von Mrs. Gill zu wenden. Er sah plötzlich ein beängstigendes Bild vor sich: eine entrüstete Miss White, die wissen wollte, wie er dazukomme, sie zu dieser nächtlichen Stunde zu stören.
»Das geht leider nicht«, sagte Mrs. Gill. »Sie ist nämlich gar nicht zu Hause. Darf ich fragen, weshalb Sie sie sprechen wollen, Mr. Carmichael?«
Die grünlichen Augen hatten jetzt viel von ihrem neckischen Ausdruck verloren. Mrs. Gill witterte Gefahr für den Ruf ihrer Pension und war bereit, diesen mit allen Mitteln zu verteidigen. Carmichael wußte, daß es nur eine Art gab, der Dame beizukommen. Er sagte beiläufig und ein bißchen ungeduldig, soviel er wisse, verberge sich hinter dem Namen White eine berühmte Persönlichkeit, die großen Wert darauf lege, inkognito zu bleiben. Die Durchsichtigkeit dieser Behauptung verhinderte keineswegs ein neugieriges Aufleuchten in Mrs Gills Antlitz.
»Was? Wirklich? Eine Berühmtheit? Das hätte ich nie vermutet! Wenn man sie so sieht, aber natürlich gibt es . . .«
Während Mrs. Gills Worten begann die Frau vor Carmichaels geistigem Auge deutlich Gestalt anzunehmen: Ende Vierzig oder Anfang Fünfzig, mittelgroß, mit rosigem Teint und leicht ergrauten, kurzen Löckchen. Nicht elegant, aber nett aussehend, »Sie wissen, was ich meine«. Carmichael vermutete, daß damit eine unauffällige Achtbarkeit gemeint war, die Mrs. Gills angeregte Phantasie jetzt mit einem rosigen Schimmer verschönte.
Mrs. Gill legte ihm ihr Gästebuch vor: Laura White, Bridgeport, Conn., stand da in einer krausen, zierlichen Schrift, die Mrs. Gill jetzt mit ganz neuen Augen betrachtete, mit Augen, die einen habgierigen Glanz nicht zu verleugnen vermochten.
Laura White war kurz nach fünf Uhr mit Bill Creams Taxi eingetroffen. Um halb sechs Uhr war sie aus ihrem Zimmer gekommen, um unten in der Halle zu telefonieren. Gleich darauf war sie ausgegangen, wahrscheinlich zu einem Spaziergang, denn die Richtung, die sie einschlug, war nicht die zum Stadtzentrum.
Carmichael sah wieder einmal auf die Uhr. Dann sagte er im gewöhnlichen Gesprächston: »Fangen Sie nicht an, sich zu fragen, wo sie wohl bleiben mag?«
»Ach, sie hat ja einen Schlüssel«, sagte Mrs. Gill, »und überhaupt war sie zwischendurch schon einmal hier – etwa um halb acht Uhr.«

So war das also! Carolines Mörder war ein bloßer Schemen, und der neue Schuh eine jener Absurditäten, von denen Trunz gesprochen hatte. Denn um halb acht war das Mädchen Caroline längst von der Stätte des angeblichen Verbrechens fortgerannt und im Schutze der Olivers. Carmichael, ärgerlich und ungläubig, fragte nur so obenhin: »Haben Sie Miss White heimkommen sehen?«
»Nein«, war Mrs. Gills Antwort. »Sie wissen ja, daß ich von sieben Uhr an das Abendessen serviere.« Und schon war die ganze, dunkle Frage wieder aufgerollt – und blieb offen. Ein gewisser Mr. Simms, der das Zimmer im zweiten Stock neben dem von Miss White innehatte, hatte dort Geräusche vernommen, während er auf das Abendessen wartete, das er immer auf seinem Zimmer einnahm. Carmichael kannte den Mann, er war achtzig und schwerhörig.
Hatte irgend jemand mit diesen Tatsachen gerechnet und entsprechend gehandelt? Ein Jemand, der mit den Ortsverhältnissen sehr gut vertraut war, was ja auch aus der Wahl des Tatorts hervorging und aus der Geschwindigkeit, mit der er ein Versteck für die Leiche gefunden hatte? Angenommen, er wußte von der geheiligten Essenszeit in Mrs. Gills Pension und vom schwerhörigen alten Mann im Nebenzimmer – was hätte ihn daran gehindert, der Handtasche des Opfers den Schlüssel zu entnehmen, Miss Whites Zimmer aufzusuchen und irgend etwas zu holen, was nicht gefunden werden durfte?
Carmichael warf einen Blick auf die Halle und die Treppe, die sich im Dunkel verlor. Nein, es wäre bestimmt kein riskantes Unternehmen gewesen. Er fühlte sich seiner Sache wieder einmal ganz sicher. Er wußte, daß es nichts nützte, wenn er Mrs. Gill bat, ihn Miss Whites Zimmer besichtigen zu lassen. Er sagte statt dessen: »Sie haben ein sehr gutes Auge für Kleider, Mrs. Gill. Wissen Sie vielleicht, was für Schuhe sie anhatte?«
»Was um Himmels willen hat das mit ... « begann sie, aber Carmichaels Blick war mit solch schmeichelnder Bewunderung auf sie geheftet, daß sie wider Willen weich wurde.
»Also, es waren schwarze Halbschuhe, offenbar Kalbsleder. Ich weiß es zufällig, weil sie nach dem Herunterkommen den Schnürsenkel des einen Schuhs band. Wer ist sie wirklich? Bitte, Mr. Carmichael, ich werde kein Wort verraten!« Sie ist, dachte Carmichael ingrimmig, die *tote* Laura White.

Bridgeport – da kannte er doch jemanden, einen Zeitungsmann. Wie hieß er noch? Griffin? Nein, der war Sportredakteur in Chicago.

Carmichael ließ sich auf der Fahrt ins Büro alle möglichen Namen durch den Kopf gehen, die ihm von Journalistenkongressen und Pressebanketten her bekannt waren, und auf einmal, im Moment, wo er den Schlüssel im Schloß umdrehte, fiel ihm der gesuchte Name ein.

Das Gebäude lag im Dunkeln. Selbst Morton war offenbar, nach glücklicher Beendigung seiner Hochzeitsschilderung, nach Hause gegangen. Carmichael ging in sein kleines Büro, ließ sich mit der Zeitung in Bridgeport verbinden und verlangte, Amby Littauer zu sprechen. Während er wartete, drangen eine solche Menge Geräusche emsigster Geschäftigkeit über den Draht, daß ihm wieder einmal zum Bewußtsein kam, wie klein und bescheiden doch sein eigenes Zeitungsunternehmen war. Zwei Jahre hatte er nichts mehr von Amby gehört. Wer weiß, ob er überhaupt noch in diesem dynamischen Verlag arbeitete?

Er war aber immer noch da, und seine heisere, herzliche Stimme feuerte sofort wahre Salven von scherzhaften Fragen ab. Schließlich unterbrach ihn Carmichael: »Nein. Was? Wer die Glückliche sei? Ach, was, Amby, ich brauche eine Auskunft von dir. Habt ihr irgend etwas in euren Archiven über eine Miss Laura White? Ich glaube wenigstens, daß es sich um eine Miss handelt. Nein, Adresse habe ich keine. Eine Person Ende Vierzig oder Anfang Fünfzig. Ja ja, ich bleibe hier.« Er nannte seine Nummer und legte den Hörer auf.

Er stellte zu seiner Überraschung fest, daß er das vor ihm liegende Löschblatt mit Frauenschuhen vollgezeichnet hatte – große Frauenschuhe mit herunterhängenden Schnürsenkeln. Neue Schnürsenkel sind steif und glatt. Sie gehen leicht auf. Deshalb hatte sie Laura White in Mrs. Gills Pension neu binden müssen, deshalb war der Schuh vom toten Fuß geglitten. Er ordnete Strahlenbündel um jeden der gezeichneten Schuhe an, um den Glanz anzudeuten. Dann nahm er, ohne lang nachzudenken, den Hörer ab und verlangte das Haus der Olivers.

Diesmal zeichnete er nicht, während Henry Olivers zornige Stimme ihm das Attentat auf Caroline schilderte, denn schon nach den ersten Worten brach die Bleistiftspitze durch den nervösen Druck seiner Hand ab. Mehrere hundert Quadratmeter dunkles Land lagen hinter dem Haus der Olivers, und es gab zahllose Möglichkeiten, in dieses Haus einzudringen, über den Boden, durch die angebaute Scheune, selbst wenn die vielen Türen wirklich verschlossen waren.

Er strengte sich an, klar zu denken. Henry hatte gesagt: »Er hat alles getan, um sicher zu sein, daß Caroline im Haus ist und bleibt. Er hat meinen Wagen unbrauchbar gemacht. Sicher? Natürlich bin ich sicher, die Motorhaube war nicht einmal richtig geschlossen. Anders als mit dem Abschleppseil ist der Wagen nicht zu bewegen.« Carmichael war entgeistert über die zynische Frechheit des Mörders. Er dachte an die Kurve, die die Zufahrt zu den Olivers beschrieb, um ein dichtes Fliedergebüsch herum bis zum Scheunentor. Er erinnerte sich, im Lichte seiner Scheinwerfer Henrys Wagen, ein altes, graues Kabriolett, bei den Büschen stehen gesehen zu haben.
Am anderen Ende der Leitung sagte Henry ärgerlich: »So eine Operettenpolizei! Allmächtiger! Sie haben doch eine Zeitung! Können Sie wirklich gar nichts dagegen tun? Es wäre nachgerade an der Zeit.«
Carmichael stimmte ihm zu. Es war doch wohl nicht der rechte Moment für einen Leitartikel, und außerdem blitzte eben die Lampe auf, daß er auf der andern Linie verlangt wurde. Er unterbrach Henry: »Entschuldigen Sie, ich muß ans andere Telefon. In einer Viertelstunde kann ich draußen bei Ihnen sein.«
Er drückte auf den Knopf. Eine hohe, tüchtige Frauenstimme sagte irgend etwas, dann knackte es ein paarmal, und Amby Littauer meldete sich. Carmichael durchsuchte seine Schreibtischschublade nach einem neuen Bleistift und machte Notizen, während die Gestalt von Laura White allmählich Formen annahm.

9

Laura White, einundfünfzig Jahre alt, wohnhaft Crescent Place 23, Bridgeport, war dem Bridgeport *Telegraph* bekannt, weil sie Anfang Januar direkt vom Gehweg herab unter einen Autobus gelaufen war und schwere Kopf- und Brustverletzungen erlitten hatte. Sie war drei Tage bewußtlos gewesen, man hatte sie schon aufgegeben, aber mit der Zeit begann sie sich doch zu erholen, nachdem ihr Zustand die ersten fünf Wochen für kritisch gegolten hatte.
Carmichael hörte mit gerunzelter Stirne zu. Nicht, daß an dem Unfall etwas besonders Merkwürdiges gewesen wäre. Augenzeugen – und, nachdem sich ihr Zustand etwas gebessert hatte, auch Laura White selber – bestätigten, daß es ihre Schuld gewesen war. »Und so etwas hat das Wahlrecht«, wunderte sich Amby Littauer.

»Fotomaterial?« fragte Carmichael ohne große Zuversicht.
»Hm. Beim Verlassen des Krankenhauses und – du wirst lachen – am Arm eines Beamten der Busgesellschaft. Wart' einmal, jetzt fällt mir alles wieder ein! Sie waren der Meinung, daß sie eigentlich nicht blechen mußten, und waren damit wohl auch wirklich im Recht. Trotzdem wollten sie zeigen, wie nett sie sein können, wenn sie wollen: schuldiger Fußgänger, warmherzige Busgesellschaft, zahlten ihre Rechnungen, schickten ihr Blumen und so. Der Bildtext heißt . . . warte . . . ›Ich habe mehr Glück als Verstand gehabt‹, sagte die dankbare Krankenschwester beim Verlas . . .«
»Was – Krankenschwester?« unterbrach Carmichael.
»Jawohl. Sieht ein bißchen aus wie meine jüngste Tante«, plätscherte Ambys Stimme weiter. »Graue Löckchen und ein kleines Mündchen. Mittelgroß, freundlich. Was ist denn eigentlich los?«
»Ich weiß noch nicht recht«, sagte Carmichael vorsichtig. »Aber vielen Dank vorläufig, Amby. Wenn der *Star* einmal etwas für den *Telegraph* tun kann, brauchst du es bloß zu sagen. Noch eins: Wann ist sie entlassen worden?«
Pause. Dann: »Am 9. April – also genau vor einer Woche.«

Eine Woche, dachte Carmichael. Wenig Zeit, um sich seines neugeschenkten Lebens zu erfreuen. Laura White hatte drei Monate im Krankenhaus gelegen, offenbar ohne daß irgendwelche Komplikationen ihre Erholung bedroht oder verzögert hätten. Und sie hatte es fröhlich lächelnd verlassen, um in ihre einsame Wohnung am Crescent Place zurückzukehren.
Aber sechs Tage darauf war sie in Wicklow aus dem Zug gestiegen, hatte jemand angerufen, und ein, zwei Stunden später – Carolines zeitliche Angaben waren begreiflicherweise etwas nebelhaft – war sie tot. Jetzt lag sie irgendwo draußen in der feuchten Aprilnacht, mit einem beschuhten und einem unbeschuhten Fuß.
Auf den ersten Blick schien es seltsam, daß eine so alltägliche Erscheinung wie Laura White ein so absonderliches und schreckliches Ende nehmen sollte. Sie war offenbar etwas naiv und grundehrlich. Eine andere an ihrer Stelle hätte bestimmt versucht – Zeugen hin oder her –, eine möglichst hohe Entschädigungssumme aus der Autobusgesellschaft herauszuschlagen.
Was hatte sie so rasch nach ihrer Genesung in dieses entlegene Städtchen geführt?
Sicher war sie nicht gekommen, um Urlaub zu machen. Wicklow und Mrs. Gills Pension waren keine sehr verlockenden Ziele. Auch

hatte sie kein Zimmer reserviert, und nach Bill Creams Aussage nur ein ganz kleines Handköfferchen bei sich gehabt, was auf eine eilige Abreise ohne die Absicht längeren Fortbleibens schließen ließ. War sie überhaupt aus freiem Antrieb hergekommen?
Carmichael drehte hastig den Bleistift zwischen den Fingern und verfluchte den Umstand, daß es elf Uhr nachts und Bridgeport zweihundert Meilen entfernt war. Sie konnte doch während der vergangenen sechs Tage dort einen Besuch empfangen oder ein Ferngespräch geführt haben. Und doch, die Antwort auf das Rätsel lag hier, sie lag zur Hälfte bei Laura White, zur Hälfte bei ihrem Mörder.
Spielte es vielleicht eine Rolle, daß Krankenschwestern in ihrem Beruf so manches sehen und hören?
Der Regen rauschte wieder stärker. Carmichael löschte die Schreibtischlampe und sah im Halbdunkel wiederum Caroline Emmetts Gesicht, bleich, gehetzt, verstört. Kein ausgesprochen hübsches Gesicht, aber ein klares, gutmodelliertes, mit lebhaften dunkelblauen Augen – ein Gesicht, das einen wünschen ließ, das Mädchen besser kennenzulernen. Kurzsichtige Augen, dachte Carmichael prosaisch. Sie sollte eigentlich eine Brille tragen. Er löschte die Lichter und ging dann hinaus in die Nacht, um zu den Olivers zu fahren.

». . . wenn es Ihnen wirklich nichts ausmacht?« sagte Caroline und hörte die Kirchenuhr elf Uhr schlagen.
»Es handelt sich nicht darum, daß es mir etwas ausmacht«, sagte Miss Mayberry und band sich vor dem Spiegel einen Turban um ihre Lockenwickler. »Ich frage mich bloß – nun, das ist wohl schon besprochen worden. Es ist jedenfalls eine Art höherer Fügung, daß der Mann von der Garage meinen Wagen auf der andern Seite der Straße geparkt hat.«
»Mir scheint, Miss Emmet hat recht«, sagte Julie. Seit Henry die ärgerliche Nachricht von seinem sabotierten Wagen überbracht hatte, war ihr Gesicht noch weißer als vorher, weiß wie der Chiffon ihres Morgenrocks. »Henry kann ja mitfahren.«
»Natürlich habe ich recht«, sagte Caroline und ärgerte sich über die Röte, die ihr Julies Worte in die Wangen getrieben hatten. »Und Henry braucht wirklich nicht mitzukommen, das wäre unvernünftig.«
Sie wandte sich um und sah Mrs. Olivers verwirrtes und unsicheres Gesicht und die entschlossene Ablehnung in Lydias Zügen. »Es ist für alle Teile das beste, wenn ich möglichst rasch verschwinde.«

»Ich weiß nicht«, sagte Miss Mayberry zögernd. Auch ihr schien ihre entschlossene Energie abhanden gekommen zu sein. »Ich weiß wirklich nicht, was ich sagen soll.«
»Aber ich«, sagte Caroline, sich zur Festigkeit zwingend. Im Innern flehte sie: Ach, lieber Gott, mach, daß ich nicht wieder weich und ängstlich werde.
Sie sah sich mechanisch nach Tasche und Handschuhen um, entsann sich dann, daß sie nichts Derartiges mehr hatte, und sagte leise und freundlich: »Bitte, Mrs. Oliver, ich weiß genau, was ich tue. Ich stecke in einer Sackgasse, aus der es kein Entkommen gibt, für niemand von Ihnen, wenn ich jetzt nicht gehe – nach allem, was bereits geschehen ist.«
Lydia und Julie saßen in widerspruchsvollem Schweigen da. Mrs. Oliver sagte klagend: »Ich weiß, aber es wäre schlecht von mir, Sie gehen zu lassen. Wenn Sie nur an irgendeinen sicheren Ort . . . wenn ich nur wüßte – «
Miss Mayberry zog ihren knisternden Plastik-Regenmantel über und schlug die Kapuze hoch. Mit dem Turban darunter und den herausstehenden Lockenwicklern sah sie aus wie ein mißgelaunter ältlicher Zwerg. »Von mir aus können wir gehen, Miss Emmett.«
»Ich komme«, sagte Caroline, und ihre leeren Hände gaben ihr ein seltsam hilfloses Gefühl.
Sie versuchte, noch ein letztes Mal Mut zu schöpfen – auf Vorrat – aus der Wärme, dem Licht und den Gesichtern, die sie umgaben. »Ich weiß nicht, wie ich Ihnen danken soll für alles, was Sie für mich getan haben, aber ich werde von mir hören lassen«, sagte sie und ging mit Miss Mayberry hinaus.
Henry trat verwirrt und ärgerlich aus dem Eßzimmer. Man sah, daß es ihm ebenso unbehaglich war, dazubleiben, wie seine Familie alleinzulassen, um Caroline zu begleiten.
»Ich will Sie wenigstens bis zum Wagen bringen«, sagte er mürrisch.
Dann ging die Tür auf, und Caroline stand draußen in Nacht und Regen. Eine junge Tanne beim Vorplatz neigte sich im Wind wie ein Mensch, der im Begriff steht, einen Schritt zu tun. Der Schwarzdorn an der Hausecke schwankte, als setze eine unsichtbare Hand ihn in Bewegung.
Der Wind, dachte Caroline, von kaltem Schrecken erfaßt, es ist nur der Wind und der Regen . . . Sie ging hinter Henry und Miss Mayberry her. Mußte die Frau so laut mit ihrem Mantel rascheln, daß man es weit und breit hören konnte – wie ein Signal? Nur nicht den-

ken, nur jetzt nicht denken an die einsamen Nachtstunden, die am Ziel der Fahrt vor ihr lagen . . .
Scheinwerfer erhellten plötzlich die Nacht und wurden vor dem Gartentor gelöscht. Eine Wagentür knallte zu, und plötzlich stand Carmichael vor ihnen, sprach mit Henry und Miss Mayberry, warf einen scharf beobachtenden Blick auf Caroline und sah sie dann nicht mehr an. Aber er ergriff im Dunkel ihre Hand und hielt sie immer noch, nachdem alle auf den Vorplatz zurückgetreten waren. Es war, als führe er ein verängstigtes Kind. Ohne zu wissen, wie ihr geschah, überließ sich Caroline seiner Führung und war auf einmal wieder im Wohnzimmer.
Carmichael betrat das kleine gelbe Zimmer, betrachtete das zerschmetterte Fenster und das zerschlagene Brett am Kopfende des Bettes und schließlich den mit feuchter Erde bedeckten Stein, der immer noch an der gleichen Stelle lag, wo er hingefallen war.
Dann kam er ins Wohnzimmer zurück und erkundigte sich nach Henrys Wagen.
Caroline mied instinktiv seinen Blick, der den ihren suchte, legte die kalten zitternden Hände fest zusammen und sagte: »Sie müssen doch einsehen, daß es für alle Beteiligten das beste ist, wenn ich gehe.«
»Nein, bestimmt nicht«, sagte Carmichael langsam. Seine Augen wanderten von einem der Anwesenden zum andern, und von ihnen zu den nassen dunklen Scheiben, in denen sich das Licht der Lampen spiegelte. »Sehen Sie denn gar nicht, daß Sie drauf und dran waren, in eine Falle zu laufen?«
Miss Mayberry war die erste, die seine Andeutung verstand. Ihr Gesicht wurde grau vor Schreck. »Meinen Sie, er wußte, daß mein Wagen draußen steht, und er darauf wartete, bis . . .?«
»Ich könnte darauf schwören«, sagte Carmichael ruhig, und Miss Mayberry sank mit einem gehauchten »Du lieber Gott!« in den nächsten freien Stuhl.
»Klar«, sagte Carmichael in das entsetzte Schweigen hinein. »Zuerst die Hetzjagd, fast bis an die Tür dieses Hauses. Dann, im Moment, wo Miss Emmett allein ist, der Steinwurf. Der Versuch mißlingt, und es ist nicht zu erwarten, daß Miss Emmett wieder allein gelassen wird. Also macht er den Wagen gebrauchsunfähig. Der Rest war sorgfältig geplant, und der Plan wäre beinahe gelungen.«

Jetzt brach das Stimmengewirr los. Mrs. Oliver sagte: »Oh, Caroline, wenn ich denke . . .« Und Miss Mayberry, immer noch erschüttert: »Wie entsetzlich logisch das alles ausgedacht ist!« Und Lydia triumphierend: »Ich habe das alles längst gesagt, aber auf mich hört ja keiner.«
Carmichael zuckte die Achseln. »Die Verstorbene – sie hieß Laura White – war bei Mrs. Gill abgestiegen. Ihr Mörder ist mit ziemlicher Sicherheit heute abend dort gewesen. Miss Emmetts Handtasche ist samt ihren Ausweisschriften irgendwo, zwischen dem Steinbruch und diesem Hause hier, zu Boden gefallen, und Miss Emmetts Name steht auf der Gästeliste der Pension gleich über dem Laura Whites. Man braucht wirklich kein Hellseher zu sein . . .«
Er unterbrach sich, weil ihm zwei kleine Dinge aufgefallen waren: Einmal eine ganz schwache, aber deutlich wahrnehmbare Reaktion, die jedesmal einsetzte, wenn er Miss Whites Namen erwähnte – ein leichtes Flattern von Julies dünnem weißen Gewand, eine unwillkürliche Bewegung, die rasch unterdrückt wurde. Jetzt beugte sich Julie vor und sagte mit unsicherer Stimme: »Bitte, Henry, eine Zigarette.« Dabei lag ein volles Paket gleich neben ihrem Ellbogen.
Das andere, was Carmichael aufgefallen war, war ein behutsames Geräusch draußen im Dunkeln, ein Geräusch, das nicht vom Regen oder dem Wind herrührte. Caroline hatte es gehört, und ihre Augen standen groß und starr aufgerissen im bleichen Gesicht. Carmichael war mit zwei Schritten an der Tür, öffnete sie rasch und leise und sah in einem unbeleuchteten Winkel des Vorplatzes einen Mann stehen.
»Ich weiß, daß es sehr spät ist, aber ich sah noch Licht«, sagte eine schüchterne Stimme, und ein runzliges Gesicht erschien im Lichtschein. »Mein Name ist Clive, ich wohne gleich nebenan«, fuhr der Mann fort, als Carmichael auf ihn zutrat. »Ich möchte nicht stören, aber ich habe gehört, daß die Miss von oben ihren Hund sucht, und da dachte ich, ich sollte es ihr doch sagen – «
Ein Hund? In Carolines Geschichte kam ein Hund vor . . . »Haben Sie ihn gefunden?« erkundigte sich Carmichael, und Clive nickte, indes der Schatten der Tannenzweige über sein Gesicht spielte. Er sagte schlicht: »Ich weiß nicht, ob es ihr recht ist, wenn ich ihn gleich begrabe. Die Leute – ich meine, die Damen – sind manchmal sehr heikel, wenn es sich um ihren Hund handelt.«
»Ich verstehe«, sagte Carmichael unentschlossen.
»Anderseits«, fuhr Clive fort, »weiß ich nicht, ob sie ihn so sehen sollte. Er sieht schrecklich aus, der Kopf ist eingeschlagen . . . Ich

kann mir gar nicht vorstellen, wie jemand einem harmlosen, kleinen Hund das antun konnte, und wer – «

Ja, wer? dachte Carmichael. Er trat zur Seite, um Henry Oliver, der herausgekommen war, Platz zu machen, und redete auf das Gnomengesicht des Besuchers ein: »Sind Sie ganz sicher, daß es Miss Mayberrys Hund ist? Und wo haben Sie ihn gefunden?«

»Oben beim Steinbruch. Ich habe heute abend keine Ruhe gehabt. Mir scheint, es ist so eine«, die milden Vergißmeinnichtaugen sahen Carmichael entschuldigend an, »eine Rastlosigkeit in der Luft. Ich habe immer wieder gehört, wie Miss Mayberry ihren Hund rief, und ich habe Tiere sehr gern, und ich mochte nicht dran denken, daß er vielleicht irgendwo verletzt am Straßenrand liegt. Sie verstehen mich sicher. Da habe ich meine Taschenlampe genommen und bin losgezogen, und dort oben lag er, hinter einem Stein – armes Tierchen. Ich habe ihn nach Hause getragen, und dann – wollte ich doch lieber fragen, was ich tun soll.«

»Ja ja, das ist der gute Putzi«, sagte zwei Minuten später Henry Oliver zu Carmichael, als sie hinter der dichten Fliederhecke standen. Er sah im Lichte der Taschenlampe aus, als kämpfe er gegen aufsteigende Übelkeit. »Entsetzlich! Ich hole am besten gleich eine Schaufel . . .«

Er betrachtete den kleinen braunweißgefleckten Körper des Hundes. »Merkwürdig«, sagte er nachdenklich, »daß Clive in einer solchen Nacht dort hinaufgewandert ist.«

»Vielleicht doch nicht so merkwürdig«, sagte Carmichael, mehr zu sich selbst. »Er hat sich Sorgen gemacht, er ist ein großer Tierfreund – «

»Vielleicht schon«, sagte Henry skeptisch, »aber ich habe mehr als einmal gesehen, daß er Putzi einen Fußtritt versetzt hat.« Dann ging er zum Schuppen und überließ es Carmichael, diese Bemerkung zu verarbeiten.

Carmichael wanderte widerstrebend ins Haus zurück.

»Sie müssen mich entschuldigen«, sagte eine Weile später Miss Mayberry. Ihre Augen waren trocken, aber ihr Gesicht flammte vor Schmerz und Erbitterung. »Man weiß ja, wie alte Jungfern an ihren Tierchen hängen. Aber warum . . . warum nur? Es ist so unnötig. Putzi war alt und zahnlos, er hätte niemandem etwas zuleide tun können, selbst wenn er es gewollt hätte. Ach ja . . . übrigens, wie sagten Sie, daß die Frau hieß?«

»Laura White. Sie war Krankenschwester«, sagte Carmichael. »Und sie wohnte in Bridgeport. Ich wüßte gern, ob sie hier in letzter Zeit

einen Patienten gepflegt hat oder ob sie in irgendeiner beruflichen Angelegenheit hierhergekommen ist.«
Aus dem Augenwinkel betrachtete er Julie, die so regungslos da saß, daß ihm schien, sie halte den Atem an.
»White . . . White . . .«, sagte Miss Mayberry grüblerisch. »Ich kenne niemanden, der diesen Namen trägt, aber das will natürlich nicht viel heißen. Ich kenne fast keine Schwestern der jüngeren Generation.«
»Sie war einundfünfzig«, sagte Carmichael und beschrieb Laura White, so gut er es vermochte. Die abwesende Art, mit der Miss Mayberry den Kopf schüttelte, ließ ihn vermuten, daß sie ihr Interesse von der toten Kollegin wieder dem kleinen Hund zugewandt hatte, den Henry Oliver draußen begrub.
Dann sagte sie: »Das Schwesternregister ist jetzt natürlich nicht zugänglich, aber man könnte das *South-Shore* und die Privatkliniken in der Gegend anrufen, vielleicht kann man irgendwo Auskunft bekommen.«
»Das ist sehr wohl möglich«, sagte Carmichael und stand auf.Er verglich automatisch seine Uhr mit der Standuhr auf dem weißen Büchergestell. Zwanzig vor zwölf. Auch Carolines verängstigte Augen ruhten auf der Uhr.
Es war schon für die andern schlimm genug, dieses Warten und Eingeschlossensein im Haus, dachte Carmichael. Caroline Emmett aber hatte zugesehen, wie Laura White ermordet wurde – und der Mörder wußte, daß sie zugesehen hatte.
Sie war genauso lange in Sicherheit, wie sie von Menschen umgeben war. Ließ es sich vielleicht so einrichten, daß es schien, als sei sie allein?
»Mrs. Oliver«, sagte Carmichael leise, und Mrs. Oliver fuhr erschrocken zusammen. »Mag sein, daß es zu nichts führt, aber ich möchte es wenigstens versuchen . . .«

10

Der Regen fiel jetzt wieder leicht und gleichmäßig, hie und da von einem Windstoß getrieben. Die Büsche um Mrs. Olivers Haus glänzten naß im Licht, das aus den Fenstern fiel. Carmichael stieg in seinen Wagen, wendete und fuhr zurück in die Stadt, in seine dunkel und verlassen daliegenden Büroräume.
Ganz unten in seiner Schreibtischschublade lag eine abgenutzte

Lederschachtel, die einst seine Hemden- und Manschettenknöpfe beherbergt hatte und in der jetzt eine bunte Sammlung von Schlüsseln lag. Er leerte sie auf das Löschblatt aus und fand ziemlich rasch den Schlüssel zu Mrs. Gills Haus, den er seinerzeit verlegt, dann wiedergefunden und natürlich nie zurückgegeben hatte. Die übrigen Schlüssel steckte er in seine Rocktasche. Dann löschte er die Lichter, schloß die Haustür ab und fuhr zurück zu den Olivers.
Die Jalousien waren jetzt, wie abgemacht, bis zu den Fensterbrettern hinuntergelassen worden. Carmichael fuhr am Haupttor vorbei, wendete bei Clives Fliederbüschen und fuhr um das Haus zum hintern Eingang.
Alle hatten gespannt auf das Geräusch des Motors gewartet. Die Hintertür öffnete sich einen Augenblick, gerade so lange, wie Caroline gebraucht hätte, um hinauszuschlüpfen. Dann schlug die Tür mit einem vernehmlichen Knall wieder zu. Gleich darauf warf Carmichael die Wagentür, ebenfalls geräuschvoll, ins Schloß, setzte sich ans Steuer und fuhr allein davon.
Das Ganze sollte melodramatisch wirken, eine übertriebene Pantomime, gespielt für ein unsichtbares Publikum. Aber – dort oben beim Steinbruch lag eine tote Frau, und hinten beim Schuppen hatte Henry Oliver die Leiche eines Hündchens begraben. Man mußte alles versuchen, um diese endlose Nacht abzukürzen.
Er ließ den Wagen hundert Meter von Mrs. Gills Pension stehen und schritt auf dem schmalen Pfad zwischen den Hintergärten auf die Rückseite der Pension zu. Ein krachender knatternder Laut – Carmichaels Körper spannte sich in Abwehrbereitschaft. Aber es waren nur ein paar an der Leine vergessene Wäschestücke, deren eines ihm naß ins Gesicht klatschte. Leise fluchend langte er bei Mrs. Gills Hintertüre an, schlich die Wand entlang zum Haupteingang, ging vorsichtig die Freitreppe hinauf, drehte nach kurzem, lauschendem Zögern den Schlüssel im Schloß und betrat die Halle. Die Straße hinter ihm lag leer und verlassen, abgesehen von zwei parkenden Wagen und den spielenden Schatten der Bäume. Es war fünf vor zwölf, und die Pension lag in tiefem Schlaf. Irgendwo hüstelte jemand. Das schwache Glühen des Nachtlichtes in der Halle ertrank in der großen Schale von Wachsrosen vor dem Spiegel. Er vermochte die teppichbelegten Stufen der Treppe kaum zu finden. Zimmer neun im dritten Stock. Das war Caroline Emmetts Zimmer.
Carmichael stieg lautlos die Treppe hinauf, die Hand um die Schlüssel in seiner Tasche gelegt, um sie am Klirren zu hindern.

Carolines Angst wurde durch die heruntergelassenen Jalousien noch verschärft. Bis jetzt war – wie eine dünne Barriere – der äußere Schein normalen Lebens erhalten geblieben, jetzt brach dieser zusammen, so wie wenn jemand seinen Tränen freien Lauf läßt oder plötzlich anfängt zu rennen. Die Jalousien waren viel schrecklicher als die nassen schwarzen Scheiben, in denen sich das Licht gespiegelt hatte. Es war, als könne in ihrem Schutz das, was da draußen drohte, dicht ans Haus schleichen und lauern und unbeobachtet Pläne schmieden.

Im gelben Zimmer versuchte Henry mit rührender Ungeschicklichkeit, die zerbrochene Scheibe durch dicke Pappdeckel und Heftpflaster zu ersetzen. Mrs. Oliver hatte Julie in ihr Zimmer zurückgeführt. »Auch wenn du nicht schlafen kannst«, hatte sie mit Bestimmtheit gesagt, »so könntest du dich wenigstens hinlegen. Ich werde es später auch tun.«

Caroline klammerte sich verzweifelt an die Gegenwart Lydias, die in aller Seelenruhe ihre Schulhefte auf dem Tisch ausbreitete, um Aufgaben zu machen. Sogar das hatte, jetzt um Mitternacht, einen Anstrich von Krise.

»Kann ich Ihnen helfen?« fragte Caroline und wandte den Blick hastig vom Algebrabuch ab, um einen zerfledderten Cäsar zur Hand zu nehmen. »Ich war nicht schlecht in Latein, ich glaube, ich fände mich da schon noch zurecht.«

Alles ist besser als Nichtstun, dachte sie, während ihr Lydia freudig überrascht die zu übersetzende Stelle zeigte. Irgend etwas tun, irgend etwas, damit auch nur eine halbe Stunde dieser endlosen Nacht verging . . . Lydia setzte sich ans andere Ende des Eßtisches, schrieb, starrte vor sich hin, radierte und schrieb wieder. Caroline machte sich an die Übersetzung ins Lateinische und fragte sich, wie sie selber in der Schule sich gefragt hatte, ob Lydia wohl »drankommen« würde, auf lateinisch zu erzählen, wie Cäsar am dritten Tage der Schlacht seine Zelte auf einem Feld am Fluß aufgeschlagen hatte.

Warum - warum war sie jenes kleine Stück bis zur Hügelkuppe noch gegangen? Wäre sie in jenem Moment des Zögerns umgekehrt, dann hätte sie den Mord an einer fremden Frau, den sie nie mehr vergessen würde, nicht mitansehen müssen. Sie wäre ruhig den Hügel hinuntergewandert, zurück in die Stadt, statt Unruhe und Gefahr in das Leben der Olivers zu tragen.

Das leichte Scharren und Kratzen am Fenster war doch sicher nur die Ranke einer Kletterrose, die der Wind losgerissen hatte. Oder

doch nicht? Caroline hob die Augen, sah, daß Lydias Blicke ebenfalls auf das Fenster geheftet waren, und senkte rasch wieder den Kopf.
Wenn sie nur in all dem Aufruhr über den kaputten Wagen und in der erregenden Besprechung von Carmichaels Plan nicht vergessen hätte, ihm von der großen, schlanken Frau zu erzählen, die sich Mrs. Vermilya nannte und von der Lydia so bestimmt gesagt hatte, sie sei es gar nicht. Und von dem fröhlichen jungen Mann, der um zehn Uhr nachts Vorfenster verkaufen wollte.
Und wenn nur nicht die ganze Zeit Mr. Clives milde Vergißmeinnichtaugen sich zwischen sie und die Buchseite drängen wollten.
Wer von den dreien hatte wohl, irgendwo in der Aprilnacht, jenen merkwürdigen, langen Regenmantel abgelegt und verborgen?

Im dritten Stock von Mrs. Gills Pension überlegte sich Carmichael, daß er, wenn er Caroline Emmett wäre, wohl nach einer Viertelstunde das Licht löschen würde.
Das Türschloß hatte ihm, wie vermutet, keinerlei Schwierigkeiten bereitet. Mit ein bißchen Druck hatte es sich mit einem alten, einfachen Schlüssel aus seiner Sammlung öffnen lassen. Das Fenster des Zimmers lag auf der Seite des Hauses. Man konnte es von der Straße aus nur in schräger Linie sehen, aber das hellerleuchtete Viereck in der dunklen Umgebung konnte von jedem Beobachter mit Leichtigkeit wahrgenommen werden. Sicher waren fünfzehn Minuten Zeit genug für ein müdes und verängstigtes junges Mädchen, die Zähne zu putzen, Gesicht und Hände zu waschen, die Türe zu verriegeln, sich auszuziehen und ins Bett zu legen. Fünfzehn Minuten . . . Zeit genug auch für jemanden, der das Haus der Olivers beobachtet hatte, über die Felder und den Eisenbahndamm bis an die Rückseite dieses Hauses zu gelangen und von dort das einsame, erleuchtete Fenster im dritten Stock zu sehen.
Carmichael ließ sich nicht ohne Mühe in einen niederen und offensichtlich für einen abgemagerten Zwerg entworfenen Sessel nieder und wartete.
Die Einrichtung war bescheiden: ein schmales Bett, ein kleiner Nachttisch, ein Schreibtischchen, auf dem ein rosa Seidenhalstuch lag. Daneben ein paar kurze weiße Schweinslederhandschuhe und ein mattgoldener Armreif. Carmichael begann zu seiner eigenen Überraschung zu gähnen. Er richtete sich energisch auf, warf einen Blick auf seine Uhr und löschte das Licht. Tiefe Dunkelheit senkte sich über das kleine Zimmer, und für eine Weile verlor Carmichael

jede Orientierung, obwohl er sich kurz zuvor den Standort der einzelnen Möbelstücke genau gemerkt hatte. Der Himmel draußen war finster, und das Licht der Straßenlaterne drang nicht bis hierher. Jetzt, wo jede Erinnerung an Caroline Emmetts Gegenwart ausgelöscht war, beschäftigten sich seine Gedanken mit Laura White.

Laura White, Krankenschwester ... Schwestern wissen viel von den Dingen, die um sie her vorgehen; sie wissen, daß es Angehörige gibt, denen nichts daran liegt, daß ihre Kranken sich erholen, ja, die sogar alles tun, damit sie nicht wieder gesund werden. Sie wissen auch, daß es eingebildete Kranke gibt, die schwer auf ihrer Umgebung lasten. Welch günstiger Boden für Erpressungen! Aber es schien doch eine seltsame Art von Erpressung, die da so unmittelbar nach Laura Whites Entlassung wie ein Pilz aus dem Boden schoß. Und wie paßte überhaupt ein Erpressungsversuch zum Charakterbild einer Frau, die so harmlos und sachlich zugegeben hatte, daß ein beinahe tödlicher Unfall einzig und allein auf ihrer Unachtsamkeit beruhte? Aber was sonst? An wen in dieser kleinen Stadt war Laura White mit Banden gefesselt, die nur ein Mord entzweischneiden konnte?

Carmichael hätte nicht erklären können, warum sich ihm immer mehr die Überzeugung aufdrängte, der Mord müsse irgendwie mit dem Straßenunfall in Verbindung stehen. Aber gerade diese Überlegeung führte ihn immer wieder an den toten Punkt: alles an diesem Unfall schien so klar und eindeutig, außer – ja, außer der Tatsache, daß Laura White dabei nicht umgekommen war, wie es sogar die Ärzte zuerst erwartet hatten. Wer immer in der ersten Zeit nach dem Unfall mit ihrem Tode gerechnet hatte, konnte dies mit ziemlicher Sicherheit tun. Aber dann war sie doch am Leben geblieben und hatte drei Monate später zufrieden lächelnd das Krankenhaus verlassen.

Carmichael wußte später nie, in welchem Augenblick ihm klar wurde, daß sein Plan mißlungen war. Er war völlig in Anspruch genommen von den Gedanken an Laura Whites Genesung und an die Bedeutung, die diese Genesung möglicherweise für ihren Mörder haben mochte. Aber während er so in Caroline Emmetts kleinem Zimmer saß, wußte er auf einmal, daß die Spannung in ihm nachgelassen hatte, daß niemand kommen würde, auch wenn er bis zum Morgen sitzen bliebe.

Hatte am Ende überhaupt niemand das Haus der Olivers beobachtet? Oder war der Grund seines Kommens und Gehens allzu durchsichtig gewesen? Während Carmichael aufstand und das Zimmer

geräuschlos verließ, hatte er plötzlich einen Einfall, der ihm bis jetzt nicht gekommen war.
Der Korridor im zweiten Stock war besser möbliert als der im dritten. Da stand ein geschnitzter Lehnstuhl, ein Tisch mit einem Nachtlicht und einer Vase mit Eukalyptus. Das Fenster hatte schwere Vorhänge, und in der Ecke stand aus unerforschlichen Gründen eine Trommel. Carmichael hatte diesen Gang erreicht, ohne das mindeste Geräusch zu verursachen. Wenigstens bildete er sich das ein, aber plötzlich ging eine Türe auf, und eine zittrige Altfrauenstimme fragte: »Sind Sie das, Mrs. Gill?« und dann, ängstlich zweifelnd: »Ist Mrs. Partridge dort?«
Carmichael drückte sich im Schatten flach an die Wand und widerstand einen Moment nur mit Mühe der idiotischen Versuchung, mit einem dröhnenden Schlag auf die Trommel zu antworten. Die Türe wurde langsam und zögernd geschlossen. Das war Pech. Sicher stand die alte Dame lauschend und neugierig dahinter. Er mußte warten.
Das tat er, und er hatte Glück. In einem der Zimmer tappten Schritte, und dann wurde ziemlich geräuschvoll Wasser aus einem Krug in eines der altmodischen Waschbecken geschüttet, mit denen Mrs. Gills Zimmer noch ausgestattet waren. Carmichael benutzte die Geräuschkulisse, um den Gang hinauf bis zu Nummer vier zu schleichen. Daneben wohnte glücklicherweise der taube Mr. Simms, der sicher längst den Schlaf des Gerechten schlief.
Keiner seiner Schlüssel schien ins Schloß zu passen, und er erwartete jeden Augenblick, daß jemand aus einem der Zimmer trete und Alarm schlage. Aber der sechste Schlüssel ließ sich mühelos umdrehen, und schon stand Carmichael in Laura Whites Zimmer. Er drehte das Licht an, und obgleich er wußte, daß seit dem Tode der Frau bereits jemand dagewesen war, sah er sich erwartungsvoll um.
Das Zimmer sah dem Carolines zum Verwechseln ähnlich, nur daß Laura White, an strenge Ordnung gewöhnt, keinen duftenden Talkpuder verstreut, kein Seidenhalstuch auf den Tisch geworfen hatte. Im übrigen stand hier das gleiche weiße Bett, der gleiche schmale Teppich lag am Boden, der gleiche kleine Schreibtisch stand am Fenster. Auf dem Stuhl davor stand ein kleiner Handkoffer, unter dessen Deckel Wäschestücke hervorquollen.
An dieser Unordnung war entschieden etwas Auffallendes. Selbst weniger ordnungsgewohnte Menschen, deren Kamm, Bürste und Taschentücher nicht mit so militärischer Exaktheit auf dem Tisch

ausgelegt waren wie diese, hatten im allgemeinen die Gewohnheit, in einem fremden Zimmer ihre Sachen wegzuräumen und ihre Kofferdeckel zu schließen. Der Mörder war demnach in großer Eile gewesen und hatte sich nicht Zeit genommen, die durchwühlten Kleidungsstücke wieder ordentlich zu versorgen. Carmichael hob den Deckel des Köfferchens. Da war ein bescheidenes blaues Nachthemd, ein weißer, sauber geflickter Unterrock, eine Handvoll metallener Lockenwickler, ein weißer Halseinsatz mit zerknüllten, ebenfalls mehrfach geflickten Rüschen. Wirklich alles andere als die Garderobe einer Frau, die von erpreßten Geldern ein flottes und müheloses Dasein führt, und sicher nicht mehr als das Allernötigste, was man braucht für einen Tag. Und selbst diesen Tag hatte sie nicht zu Ende leben dürfen.
Es war sehr peinlich, so dazustehen, in den letzten, kleinen Abschnitt eines Lebens zu blicken und neugierig und unpersönlich all die kleinen Dinge zu mustern, die eine eben verstorbene Frau besessen hatte. Er hatte Carolines Erzählung gehört, die Fußspuren oben beim Steinbruch gesehen und den Schuh gefunden. Der Verstand hatte ihm gesagt, daß eine Frau, deren Kopf mit einem Stein zertrümmert worden war – und es war sicher ein Stein, nach dem ihr Begleiter sich gebückt hatte – und die nicht in ihr Zimmer zurückgekehrt war, tot sein mußte.
Aber dieses Zimmer mit den bescheidenen, geflickten Kleidern und dem unberührten Bett, in dem sie diese Nacht hatte schlafen wollen, machte ihren Tod viel wirklicher und auch weit häßlicher. Carmichael mußte seinen ganzen Willen aufbieten, um den Schrank zu öffnen. Er hatte angesichts des winzigen Handkoffers eigentlich erwartet, dort nichts anderes vorzufinden als ein paar leere Kleiderbügel. Aber Laura White hatte offensichtlich – und wohl auch, weil es sich um das Prunkstück ihrer Garderobe handelte – Zeit gefunden, ihren Schlafrock auszupacken und liebevoll aufzuhängen.
Konnte man das überhaupt einen Schlafrock nennen? Carmichael vermutete, daß das Geschäft ihn unter einem weit vornehmeren Namen ausgeschrieben und verkauft hatte. Und doch, auch er wies an den Borten spinnwebfeine Flickstellen auf, und der untere Rand war leicht beschmutzt. Laura White hatte ihn nicht nur bei besonderen Gelegenheiten getragen, sondern täglich. Sie hatte ihn auf Reisen mitgenommen und hatte in ihrer Freizeit die sachliche Schwesterntracht mit seiner zarten Eleganz vertauscht. Wie immer das Ding heißen mochte, jedenfalls hatte es eine Tasche. Nicht eine biedere, viereckige Tasche, sondern ein zierliches, spitzenbesetztes,

tütenförmig abstehendes Täschchen. Und weil es die einzige vorhandene Tasche war und weil sie der Durchsuchung möglicherweise entgangen sein mochte, schob Carmichael zwei spitze Finger hinein.
Wenn schon das elegante Kleidungsstück einer älteren, bescheidenen Krankenschwester Carmichael sehr überrascht hatte, so überraschte ihn der zusammengefaltete Zeitungsausschnitt, den er in der Tasche fand, noch viel mehr.

11

Nach den zackigen Rändern zu schließen, war der bedruckte Fetzen hastig herausgerissen worden. Carmichael überflog ihn und las ihn dann in der nächtlichen Stille von Laura Whites Zimmer ein zweites Mal sorgfältig durch.
Es war eine Agenturmeldung, datiert »Weymouth, den 15. April«. Das war das gestrige Datum. Die Meldung lautete: Die Polizei erteilte gestern den Pressevertretern Auskunft über den tragischen Selbstmord Mrs. Ellen Trents aus South Shore, der Anfang dieser Woche das Aufsehen der Öffentlichkeit erregte. Die Leiche der dreißigjährigen Mrs. Trent, Terrace Drive 128, wurde am Montag von einer Hausangestellten im Schlafzimmer aufgefunden. Nach den polizeilichen Erhebungen hat sich Mrs. Trent mit einem Revolver, Kaliber 32, der ihrem Mann gehört, erschossen, und zwar eine Viertelstunde nachdem Mr. James Trent und das dreijährige Töchterchen zur verheirateten Schwester gefahren waren. Mrs. Trents Schwester ist die Frau von . . .
Es folgten mehrere Adressen, unter anderem die von Mrs. Trents Schwester und Eltern, sowie die des Zimmermädchens. Alles schien sauber aufgeklärt und vervollständigt durch das Expertengutachten. Es konnte sich nur um Selbstmord handeln. Aber es war ebenso klar, daß die Meldung für Laura White von größter Wichtigkeit gewesen war, so sehr, daß sie sie aus der Zeitung ausgerissen, ihren Koffer gepackt und den nächsten Zug nach Wicklow genommen hatte.
Trotz dem drängenden Bedürfnis, rasch zu handeln, das an Carmichael zerrte, versuchte er, ruhig und sachlich zu denken. Die logische Folgerung war, daß Laura White ein persönliches Interesse an den Trents hatte. Und da sie Krankenschwester war, standen die

Chancen neun zu eins, daß das eine oder andere Mitglied der Familie ihr Patient gewesen war.
Die Krankenhäuser konnten ihm vielleicht Auskunft geben, aber zu einer solchen Anfrage benötigte er jetzt, zur Nachtzeit, die Hilfe der Polizei. Carmichael stopfte den Zeitungsausschnitt in die Rocktasche, löschte das Licht, schloß die Zimmertüre von außen wieder ab und verließ auf leisen Sohlen das schlafende Haus. Der Regen hatte wieder etwas nachgelassen. Auf der Straße war nichts zu sehen als tropfende Ahornbäume und ein parkendes Auto.
Aber vorhin, als er Mrs. Gills Pension betreten hatte, waren es doch zwei Autos gewesen? Nun ja, dann hat eben jemand eines davon bestiegen und ist weggefahren – wenn schon, dachte Carmichael, verärgert über seine eigene Nervosität. Trotzdem ging es ihm immer wieder durch den Kopf, während er widerwillig zur Polizei fuhr.

»Ach, wer kommt denn da? Mr. Carmichael persönlich!« sagte Trunz mit gezwungenem Wohlwollen. Die Nacht war ruhig verlaufen, und in einer Stunde war sein Dienst zu Ende. »Haben Sie die Leiche gleich mitgebracht?«
»Nein. Aber ich kann Ihnen immerhin Namen, Alter und Adresse der Trägerin des Schuhs angeben, der zu dem da auf Ihrem Tisch gehört.«
»Was? Schon wieder der Schuh?« sagte Trunz sauer. Der Chef nahm keine Telefonanrufe mehr an. Er würde also mit irgendwelchen Unannehmlichkeiten allein fertig werden müssen. Er sah Carmichael mit mißtrauisch zusammengekniffenen Augen an. »Hören Sie, wenn ich Sie nicht kennte, würde ich es sehr merkwürdig finden, daß Sie ein solches Interesse an dieser Person haben und den Schuh suchen gegangen sind und überhaupt – ich würde sagen, es sehe fast aus, als ob Sie diese Frau erwartet hätten.«
Es entstand eine kurze Pause. Carmichael, der sich gerade eine Zigarette zwischen die Lippen gesteckt hatte, nahm diese wieder heraus und sah Trunz interessiert an.
»Sie haben mir nie geglaubt, nicht wahr, Trunz, daß ich mich rein zufällig in dieser Stadt niedergelassen habe? Also . . . Sie haben recht mit Ihren Zweifeln. Wir haben zwar unsere Differenzen gehabt, aber ich glaube doch, daß ich Ihnen etwas anvertrauen darf.«
Trunz schaute ihn erwartungsvoll an.
»Also es handelt sich . . . nun, in Gottes Namen, wenn Sie es denn

wissen müssen, es handelt sich um meine älteste Schwester. Meine Eltern starben, als wir alle noch klein waren, und meine Schwester hat Mutterstelle an uns vertreten. Ach, Trunz, wenn Sie sie doch gekannt hätten! Wir waren neun kleine Geschwister, und sie war uns Vater und Mutter in einer Person, obschon sie selber noch ein kleines Mädchen war. Und eines Tages, sie war damals etwa zwölf, lief sie einfach weg und kam nie wieder. Tage und Wochen vergingen, ohne Nachricht. Schließlich, Jahre . . . «

Trunz, der diese Pandorabüchse zum Überquellen gebracht hatte, sah den Erzähler mit mißtrauischer Wißbegier an und fragte zögernd: »Und was war geschehen?«

»Ich habe es nie erfahren«, sagte Carmichael, ohne vom Zorn Notiz zu nehmen, der das Gesicht des enttäuschten Trunz rot anlaufen ließ. Carmichael war jetzt wieder ernst, weil ihm alles einfiel: der elegante Morgenrock, den Laura White zum letztenmal auf einen Bügel gehängt hatte, das Haus der Olivers, in dem Furcht und Angst lauerten. Auch ihn erfaßte jetzt der Ärger:»Ob es Ihnen paßt oder nicht, Trunz, Sie haben da einen Mordfall auf dem Hals. Er geht mich persönlich nichts an, ich bin bloß zufällig darüber gestolpert. Aber hol' mich der Teufel, wenn ich herumstehe und abwarte, bis ein zweites Verbrechen geschehen ist.« Er erzählte Trunz, was mit Henry Olivers Wagen geschehen war, und meldete mit teilnahmsloser Reporterstimme, was er über Laura White in Erfahrung hatte bringen können. Von seinem zweiten Besuch in Mrs. Gills Pension und seiner Durchsuchung von Laura Whites Zimmer sagte er nichts. Einbruch in ein Haus hieß Trunz in die Hände spielen in seiner ärgerlichen Laune. Der Zeitungsausschnitt hatte ohnehin keinen Wert bis zum Morgen, wenn man den Tatsachen nachgehen konnte, es sei denn . . .

Trunz erklärte, der Polizeiwagen sei unterwegs aufgehalten worden wegen eines Burschen, der durchs Fenster in ein Badezimmer hineingespäht habe, aber der Anruf sei an die Polizei des benachbarten Ortes weitergeleitet worden, und diese sei jetzt vermutlich bei den Olivers oder werde doch demnächst dort eintreffen. Carmichaels ruhiges, überzeugendes Zureden brachte Trunz schließlich dazu, zum Telefonbuch zu greifen und – wenn auch unter Protest – die umliegenden Krankenhäuser anzurufen.

Das gelbe Licht wurde langsam graublau vom Zigarettenrauch. Hie und da prasselte Regen an die Scheiben, während die beiden schweigend warteten, bis ein Krankenhaus nach dem anderen die Listen der ehemaligen Schwestern durchstöberte. Dies war, jetzt, um halb zwei

Uhr morgens, eine langwierige Unternehmung. Carmichael ging auf und ab, erfüllt von einer widerwilligen Bewunderung für Trunz, der mit einer Sturheit ohnegleichen gegen jede Art von Widerstand seine einmal begonnene Nachforschung fortsetzte.
Glücklicherweise handelte es sich ausnahmslos um kleine Häuser mit entsprechend kurzem Schwesternregister. Gegen zwei Uhr nickte Trunz Carmichael zu und begann, sich Notizen zu machen.
Der Bericht war nicht offizieller Natur. Er stammte von einer früheren Kollegin der Verstorbenen. Laura White war bis zum Frühsommer im *Traverton House*, einer kleinen Privatklinik zwischen Boston und Wicklow, als Krankenschwester angestellt gewesen. Nachher hatte sie sich zurückgezogen, um nur noch Privatpflegen zu übernehmen. Nein, verheiratet hatte sie sich nicht, soviel die Schwester wußte.
Carmichael, der Trunz über die Schulter sah und das Gespräch mitanhörte, ging zum andern Telefon und verlangte *Traverton House*. Er hätte nicht sagen können, was er eigentlich von diesem Anruf erwartete, aber sicher nicht die beruflich-kühle Antwort der Telefonistin, die Nummer sei aufgehoben.
Wieder schien es Carmichael, er sei an einem toten Punkt angelangt. Enttäuscht und müde stützte er den Kopf auf die Hände und bemühte sich, die ganze Sache einen Augenblick lang zu vergessen. Das harte Licht der Glühbirne fiel auf sein Gesicht, dessen gewohnter Ausdruck von aufmerksamer Offenheit nun durch die Müdigkeit und Niedergeschlagenheit der letzten Stunden überschattet war. Die halbmondförmige Narbe an der linken Schläfe leuchtete rot zwischen den Fingern hindurch.
Trunz dachte plötzlich hoffnungsvoll an einen gewissen Bankraub in Brockton. Er kniff die Augen zusammen und öffnete schon den Mund, um zu reden. Aber dann schloß er ihn wieder. Der prüfende Blick war Carmichael nicht entgangen. Er stand auf und sagte ernsthaft: »Ich bin es wirklich nicht gewesen, Trunz.« Damit verließ er den Raum.
Zwei Uhr morgens – die leerste, stillste aller Nachtstunden. Kein Schritt in den Gassen, kein Vogelruf, kein erleuchtetes Fenster. Draußen vor der Stadt zirpten wohl die Grillen und hie und da quakte eine Kröte, aber an der Hauptstraße des Städtchens, die Carmichael jetzt entlangfuhr, lagen nur dunkle Schaufenster, und über den leeren Gehsteigen leuchteten spärliche Straßenlaternen. Sein Motor kam ihm ungewöhnlich laut vor.

Morton, der fette, junge Redaktuer des *Star*, bewohnte ein altes, schmales Häuschen am Stadtrand. Und Morton hatte ein ungewöhnlich gutes Gedächtnis für Einzelheiten, für Klatsch und Gerüchte. Carmichael fragte sich, ob er Morton nicht geradezu einen Gefallen erweise, indem er ihn zu dieser Stunde weckte. Die Frage blieb ohne Antwort, denn Morton schlief nicht. Im ersten Stock brannte Licht, und auf Carmichaels Klingeln gingen weitere Lichter an. Morton öffnete, ein Buch in der Hand, mit einem seidenen Schlafrock bekleidet, unter dem seine immer noch in Flanellhosen steckenden Beine hervorsahen. Auf Carmichaels ziemlich beiläufige Entschuldigung sagte er ernst: »Oh, bitte. Sie stören mich nicht im geringsten. Ich habe mich gerade wieder einmal mit James Joyce auseinandergesetzt. Treten Sie bitte ein.«
Das Wohnzimmer hatte mehrere niedere Fenster, weiße Balken und eine rot- und weißbedruckte Tapete. Morton war entschieden ein häuslicher Mensch. Unter seinen Händen waren alte Messingbehälter zu Lampenfüßen, mit lockeren Szenen bemalte Senfgläser zu Blumentöpfen mit Efeu und Asparagus geworden, und am Kamin stand ein alter, mit Seidenkissen überhäufter Schlitten.
Carmichael warf einen raschen Blick um sich und sagte sich, daß Morton das alles sicher nicht mit dem Geld bezahlte, das er beim *Star* verdiente. Aber hatte er nicht irgendwo zwei ledige, alte Tanten, die einen Narren an ihm gefressen hatten? Carmichael fühlte sich in dieser Umgebung nicht sehr gemütlich. Im Büro war Morton geschwätzig, tüchtig und vor lauter Eifer ein bißchen lästig. Hier aber, in seinem eigenen Reiche, schien er voll von einer bläßlichen, gummiartigen Widerstandskraft.
Jetzt sagte er emsig: »Möchten Sie nicht etwas trinken? Kaffee vielleicht – oder einen Whisky?«
Carmichael sagte, er möchte am liebsten einen Whisky. Dieser stand sofort in seiner Reichweite und war gut und stark, und als Carmichael ihn getrunken hatte, fiel etwas von seiner lähmenden Müdigkeit von ihm ab. Er erzählte Morton kurz die Ereignisse des Abends, von Caroline Emmetts Schilderung des Vorfalles im Nebel bis zum Ergebnis von Trunz' Telefonaten.
Nachdem Morton zuerst erstaunt die Augen aufgerissen und verschiedene unartikulierte, aber verblüffte Laute von sich gegeben hatte, begann er, sein treffliches Gedächtnis nach Einzelheiten über *Traverton House* zu durchsuchen. Es handelte sich dabei um ein Haus aus dem 18. Jahrhundert, das etwa acht Meilen von Wicklow entfernt lag. Es war vor ein paar Jahren in eine Privatklinik umge-

wandelt worden und nahm vor allem reiche Patienten mit echten oder eingebildeten Neurosen auf, und hie und da einen Fall von Nervenzusammenbruch.
Das tönte eigentlich alles recht harmlos, dachte Carmichael und starrte auf den Efeu am Fensterbrett, der sich leise im Luftzug bewegte. Harmlos – sofern nicht hinter den Neurosen und Nervenzusammenbrüchen etwas anderes steckte . . .
Morton sagte: »Die Klinik ist vor etwa drei Jahren wieder geschlossen worden. Sie war vielleicht ein bißchen zu luxuriös für diesen verlorenen Winkel.«
»Sind je Gerüchte kursiert, daß irgend etwas an der Sache faul sei?« fragte Carmichael.
»Ich habe nie etwas Derartiges gehört«, sagte Morton, nicht ohne Bedauern, aber er begann jetzt doch mit zusammengekniffenen Augen angestrengt nachzudenken. Carmichael überließ ihn eine Weile dieser Beschäftigung und legte ihm dann den Zeitungsausschnitt vor, den er in Laura Whites Schlafrock gefunden hatte.
Morton vermochte nichts damit anzufangen. Er wußte nur zu berichten, James Trent verwalte ehrenamtlich die Gemeindekasse seines Wohnortes. Das war gewiß keine besonders interessante Information, und sonst wußte Morton nichts über die Familie Trent.
Über Carmichael kam wieder die drängende Unruhe. Die Zeit verging. Der kommende Tag würde Sicherheit bringen für Caroline Emmett, denn mit dem Auffinden von Laura Whites Leiche würde die ganze Gesetzesmaschinerie, auch die zum Schutze des jungen Mädchens, in Gang gesetzt werden. Aber bis der Tag anbrach, dauerte es noch mindestens drei Stunden. Was tun? Der Sache ihren Lauf lassen? Auf die Riegel und Schlösser des Hauses Oliver vertrauen und hoffen, daß nicht etwa ein fingierter Telefonanruf Caroline aus dem Hause locken werde? Genaugenommen ging ihn ja eigentlich die ganze Sache nichts an, und er hatte sein Menschenmöglichstes ohnehin getan. Oder doch nicht? Ihm war, als läge irgendwo in der nassen Aprilnacht eine tickende Zeitbombe, vielleicht in nächster Nähe, er mußte nur den Weg zur Stelle finden, wo sie lag.
Wenn er das Suchen aufgab und sie losging und Caroline tötete, dann traf ihn doch irgendwie die Verantwortung. Carmichael dachte aus Gründen der Logik »Verantwortung«. Es war weder die Zeit noch der Ort, Gefühle zu analysieren, aber er spürte instinktiv, daß es sich um etwas anderes und Tieferes als um bloße menschliche Verantwortung handelte.

Er griff nach seinem Hut, und Morton stand auf. Der Ausdruck in seinem fetten Gesicht deutete auf starke Konzentration. Dann schien er plötzlich am Ziel seines Nachdenkens angekommen zu sein, und er sagte mit einem Seufzer der Erleichterung: »Mir war doch, als sei da etwas . . . Wissen Sie was: fragen SIe doch Ihre Freunde Oliver um Auskunft über *Traverton House*!«
Carmichael legte seinen Hut wieder hin und wartete. Das Anzügliche in Mortons Ton gefiel ihm gar nicht, aber er war nicht in einer Lage, die ihm erlaubt hätte, den Mann zurechtzuweisen.
Morton sagte: »Eine der Töchter war dort in Pflege. Wie heißt sie schon? Ich meine die ältere, die verheiratete . . .«

12

Der Regen fiel auf Haus und Garten der Olivers, spritzte auf die Steinplatten des Gartenweges und ließ die wasserschweren Zweige des Schwarzdorns leise gegen die Scheiben des Wohnzimmers klopfen. Drinnen saß Caroline Emmett, eine Illustrierte im Schoß. Auf der aufgeschlagenen Seite stand ein Artikel mit dem munteren Rat: Bauen Sie Ihr eigenes Vogelhäuschen! Ihr gegenüber, in einem tiefen Lehnsessel, saß Miss Mayberry und nähte in höllischem Tempo.
Caroline sah nicht mehr auf die Uhr, die jede Minute zehnmal länger erscheinen ließ. Seit Carmichaels Rückfahrt ins Städtchen war immer stärker das Gefühl über sie gekommen, als ziehe sich die Gefahr vom Hause zurück wie eine verebbende Welle. War es nur, weil sie den verzweifelten Wunsch hatte, es zu glauben, oder hatte sich das Tödliche, das Lauernde, wirklich irreführen und auf ein neues Ziel ablenken lassen – auf Carmichael, der jetzt in ihrem Zimmer in Mrs. Gills Pension saß?
Jedenfalls war sie nicht die einzige, die das Gefühl einer Entspannung hatte. Lydia war zu Bett gegangen in ihrem kleinen Zimmer neben dem Julies, und der Lichtstreifen unter Julies Tür war erloschen. Trunz hatte angerufen, ein Polizeiwagen könne jetzt jeden Moment eintreffen. Mrs. Oliver hatte Caroline die Illustrierte auf den Schoß gelegt. Sie hatte Henry mit in die Küche genommen, wo die beiden jetzt Schränke und Schubladen nach Kaffee durchstöberten. Aus ihren gemurmelten Kommentaren ging hervor, daß sie eine vielversprechende Büchse gefunden hatten, die dann leider nur Reißnägel enthielt.

Bei Caroline meldeten sich jetzt Schmerzen, Steifheit und Übermüdung, die sie bisher vor Angst kaum gespürt hatte. Ein leiser, raschelnder Laut ließ ihre mühsam errungene Beherrschung wieder versiegen. Sie fuhr auf und wandte lauschend den Kopf.
»Vögel«, sagte Miss Mayberry kurz. »Vögel im Kamin.«
»Aha«, sagte Caroline beschämt und erleichtert. Das weiche Geräusch erinnerte sie an den Artikel in ihrer Illustrierten. Sie beugte den Kopf über die Seite und versuchte, sich in die komplizierten Anleitungen zum Bau eines Vogelhäuschens zu vertiefen. Was brauchten Vögel überhaupt Häuser, wo sie doch jahrtausendelang ohne ausgekommen waren? Sie war immer überzeugt gewesen, daß Vögel die Vogelhäuser im geheimen verachteten.
Drüben im Lehnstuhl murmelte Miss Mayberry: »Laura White . . . Laura White . . .« und starrte vor sich hin auf das Teppichmuster. »Ich habe immer das Gefühl, daß ich den Namen schon irgendwo gehört habe, aber ich weiß nicht wo, noch wann.«
Ihre Stimme ging in nachdenkliches Flüstern über.
Caroline gab das Vogelhäuschen auf. »Miss Mayberry«, sagte sie in plötzlichem Entschluß, »was ist mit Mr. Clives Frau und Sohn geschehen?«
»Clive?« wiederholte die Schwester, verblüfft über die unerwartete Frage. »Aha, Sie meinen den Mr. Clive von nebenan? Soviel ich weiß, ist der Sohn – er war noch kaum zwanzig – bei einem Autounfall umgekommen. Er saß im eigenen Wagen, auf der Heimreise von der Universität, und es heißt, er sei nicht nüchtern gewesen. Ein paar Wochen darauf hat seine Mutter Selbstmord begangen. Sie war ohnehin kränklich, und das Erlebnis war offenbar zuviel für sie. Das alles geschah vor fünf oder sechs Jahren. Ich weiß es nicht so genau.«
Caroline dachte an das liebe, faltige Gesicht des alten Mannes und an seine milden, gütigen Augen, vor denen sie sich lächerlicherweise gefürchtet hatte. »Wie schrecklich«, sagte sie. »Wie hat die Frau . . .?«
»Rattengift«, sagte Miss Mayberry schroff und begann wieder energisch zu nähen. »Die Leute wissen viel zuviel von Giften. Es war wirklich eine traurige Sache. Ich wohnte damals noch nicht hier, und ich habe die Frau und den Sohn nicht gekannt, aber es heißt, ihr Tod habe den armen Mann fast um den Verstand gebracht.« Nach einer kurzen Pause fügte sie noch widerstrebend hinzu: »Der Sohn stammte aus Mrs. Clives erster Ehe, aber man sagt, Mr. Clive habe ihn geliebt wie einen eigenen.«

Rattengift, ein junger Student, tot, unter den Trümmern seines Wagens ... Das behagliche Wohnzimmer schien plötzlich dumpf und erstickend, erfüllt von häßlichen Schatten. Caroline sagte brüsk: »Mir scheint, wir sollten jetzt ein Fenster öffnen können.«
»Es ist wirklich dumpf hier«, stimmte Miss Mayberry zu mit einem mißbilligenden Blick auf den Aschenbecher neben Caroline. »Dumpf und rauchig. Aber ...« ihr Blick glitt nervös über Fenster und Türen, »wir öffnen besser ein Fenster im Eßzimmer, meinen Sie nicht?«
Wie auf Kommando erhoben sich beide und gingen ins Eßzimmer hinüber.
Eine einzige Lampe brannte über der Anrichte und beleuchtete sanft das Muster der Tapete, den dunklen Glanz der Tischplatte, die tiefen, schönen Farben des ovalen Teppichs. Der große Kamin gähnte kalt und dunkel. Der schwache Lichtschein fiel nicht bis auf die Fenster an der gegenüberliegenden Wand, von denen aus man nur in schräger Linie den großen Rasenplatz sehen konnte, denn das Eßzimmer lag im Winkel des L-förmig gebauten Hauses. Caroline hatte schon die Jalousien ein Stück weit aufgerollt, um das Fenster zu öffnen, als ihr plötzlich einfiel, daß das Haus ja nicht ihr gehörte und daß sie zuerst die Meinung der Olivers hören sollte. Kletterrosenbüsche glänzten regennaß draußen unter dem Sims. Aus der Küche drang Mrs. Olivers triumphierend erhobene Stimme: »Aha! Da! Ich wußte doch, daß ich noch irgendwo welchen hatte!«
Caroline hielt entsetzt den Atem an und erstarrte wie versteinert, als habe sie jemand aus dem Dunkeln plötzlich angerührt.
Hinter ihr sagte Miss Mayberry: »Geht es nicht? Warten Sie, ich helfe Ihnen.«
»Nein!« sagte Caroline so barsch und heftig, daß sie ihre eigene Stimme nicht wiedererkannte. Ein fast unwiderstehlicher Instinkt trieb sie, die Jalousie wieder herunterzulassen, aber sie blieb unbeweglich stehen und starrte wie gebannt nach der Haustür, die schräg gegenüberlag. Am Türknopf hing, wie eine höhnische Visitenkarte, Carolines Handtasche – die Handtasche, die auf der Flucht irgendwo verloren gegangen war.

Das Polizeiauto fuhr um zwanzig vor zwei Uhr vor. Caroline hatte ihre Handtasche sofort hereingeholt, nicht wegen ihres Inhaltes, denn sie hatte gewußt, daß sie leer sein würde, sondern damit sie dort nicht länger hängen bliebe, als Zeichen von Triumph und

Spott. »Ach, Sie sind angeblich mit jenem Auto weggefahren? Ich weiß aber genau, daß Sie noch hier sind!«
Also war auch der Mörder immer noch hier. Er wußte ja nicht, daß sie sein Gesicht im kurzen Aufflammen der Taschenlampe nicht hatte sehen können. Er hatte immer noch dasselbe, das einzige Ziel: die Stimme zum Verstummen zu bringen, bevor sie anklagen konnte, die Hand zu lähmen, bevor sie auf ihn zeigen konnte: »Das ist er! Ihn habe ich gesehen!«
Zwei Polizisten, von beruhigender Wirklichkeit in ihren nassen Regenmänteln, hörten Henrys etwas gereizten Bericht über die Ereignisse der Nacht an und machten Notizen. Schließlich sagte einer von ihnen: »Und wie ist Ihre Adresse?« Dann notierte er sie, indem er vor sich hinredete:»Ein Landstreicher . . .«
Landstreicher! Unglaublich, dachte Caroline, und schon griff Mrs. Oliver ein, müde und verärgert: »Es handelt sich natürlich nicht um einen gewöhnlichen Landstreicher. Wir haben Ihnen doch gesagt . . .«
»Sergeant!« warf Miss Mayberry schneidend dazwischen. »Mein Hund, der Putzi . . .«
In Julies Zimmer ging das Licht an. »Moment, bitte«, sagte Henry in beruhigendem Tone. »Wir wollen zuerst einmal . . .«
» . . . und jetzt zu alledem noch die Sache mit der Handtasche . . .« Mrs. Oliver ließ sich in ihrem Zorn nicht beirren. »Die Handtasche, die da mitten in der Nacht auftaucht und . . .«
» . . . hingemordet! Vorsätzlich und mit Vorbedacht hingemordet . . . mein Putzi!« sagte Miss Mayberry, nicht minder unbeirrt . . .
Caroline hatte das kindische Bedürfnis, laut loszuschreien, aber jetzt wurde es plötzlich still. Der Polizist, der die Notizen gemacht hatte, sagte begütigend: »Ich verstehe, Mrs. Oliver. Wir werden uns jetzt draußen umsehen, und wenn wirklich jemand da ist, werden wir ihn auch finden, verlassen Sie sich darauf. Vielleicht zeigt uns Mr. Oliver den Weg . . .«
Sie standen in einer kleinen Gruppe am Eßzimmerfenster und verfolgten von da aus die Lichter der Taschenlampen, die hier- und dorthin durch den Garten glitten, hinter den Hausecken verschwanden und wieder auftauchten. Die Nacht wurde durchschnitten und erhellt von Lichtkegeln, die Teile des Gartens wie eine Theaterbühne aufleuchten ließen, bis die Kulissen bei längerem Hinsehen zu wirklichen Bäumen, tropfenden Sträuchern und feuchtglänzendem Gras wurden. Carolines Herz klopfte, als ein

Lichtkegel um die Scheunenecke kam und in die Schwarzdornbüsche im Hauswinkel eindrang. Vom alten Birnbaum wichen die Schatten der Nacht. Sicher war jetzt niemand mehr dort, aber das feuchte Glänzen der Regenmäntel erinnerte sie ...
Nein, sie wollte nicht daran denken. Neben ihr sagte Mrs. Oliver: »Ah! Jetzt gehen sie ins Hühnerhaus!«
Weißgestrichene Bretter und ein grasgrünes Tor blitzten im Dunkeln auf. Dann deckten die Schatten der Männer das Tor zu. Sie blieben nicht lange drinnen. Die Lichtkegel tanzten da- und dorthin und hielten dann still. Kurz darauf traten Henry und die beiden Polizisten aus dem Hühnerhaus und schritten durch den Regen auf die Hintertür zu. Mrs. Oliver stand schon dort, als sie sie öffneten. »Was ist es?« fragte sie aufgeregt, »was habt ihr gefunden, Henry?«
Der größere der beiden Polizisten streckte die Hand aus, während Caroline und Miss Mayberry ebenfalls herantraten, um ratlos auf den Fundgegenstand zu starren: ein halbleeres, merkwürdig zerdrücktes und gefaltetes Zigarettenpäckchen und ein angebrauchtes Briefchen Zündhölzer. Es war eine Zigarettenmarke, deren Reklame an jeder Plakatsäule und auf jeder Kinoleinwand auftauchte und die eigentlich niemand rauchte, jedenfalls niemand, den Caroline kannte.
Es war kein bemerkenswerter Fund – so lange man ihn nicht in Zusammenhang brachte mit dem, was sich abgespielt haben mochte. »Steh ich in finstrer Mitternacht, so einsam ...« Eben dort, im Hühnerstall. Eine Hand, schützend vor das brennende Streichholz gehalten. Und dann die Zigarette, die die lange Wache abkürzen half. Und dann, zwischen einer Zigarette und der nächsten ein Gesicht, an die kleinen, hochgelegenen Scheiben gedrückt ... Das alles erklärte ohne weiteres, weshalb der Lauernde sich von Carmichaels sorgsam vorbereitetem Manöver mit dem Wagen an der Hintertür nicht hatte täuschen lassen. Niemand hatte in der pechschwarzen Nacht an das Hühnerhaus gedacht, das ein so günstiges Versteck und eine so ideale Aussicht bot ...
Wie erging es wohl Carmichael?
»Es sieht tatsächlich aus, als ob Sie Besuch gehabt hätten, außer es handle sich da um die Zigarettenmarke, die Ihre Hühner rauchen«, sagte der Polizist witzig.
»Wir halten überhaupt keine Hühner«, erklärte Mrs. Oliver mit ruhigem Ernst, und Miss Mayberry begann hinter Carolines Rücken nervös zu kichern. »Übrigens – hast du nicht gerade heute vormittag den Hühnerstall gefegt, Henry?«

Henry nickte und betrachtete immer noch mit gerunzelter Stirn das Zigarettenpäckchen. Heute vormittag ... dachte Caroline. Eigentlich gestern vormittag. Ich habe so lange geschlafen, daß Mrs. Gills Zimmermädchen wütend war, und Henry hat derweil den Hühnerstall gefegt, und Laura White hat auch dies oder jenes gemacht, und keiner von uns wußte, daß sie den Abend nicht mehr erleben würde und daß ich ihr Sterben beobachten und daß der Mörder sich in Henry Olivers kleinem Hühnerstall verstecken würde ...

Es war ein kurioser Gedankengang, in den sie da versank, und als sie daraus wieder auftauchte, nickten die Polizisten gerade Mrs. Oliver verständnisvoll zu und versprachen, in Wicklow auf dem Revier Bericht zu erstatten. Dann schloß sich die Haustür hinter ihnen und gleichzeitig öffnete sich, wie von selbst, Julies Tür.

Sie trug wieder den wallenden weißseidenen Schlafrock. Ihr schwarzes Haar umgab in künstlich anmutender Unordnung ihr kleines weißes Gesicht, als wolle sie allen vor Augen führen, in welchen Zustand die Ereignisse sie versetzt hatten. Sie sah langsam der Reihe nach in jedes Gesicht, außer in das Carolines, und sagte: »Polizisten, die trampelnd und lärmend ein- und ausgehen, das Haus, das zu einem Gefängnis geworden ist – warum müssen wir uns das bieten lassen?«

Niemand gab ihr Antwort. Es war auch keine Zeit dazu, denn jemand klopfte. Es war Carmichael.

Er sieht verändert aus, dachte Caroline, müde und hartnäckig und irgendwie erregt, als hätte er etwas gesehen, das er nicht mehr aus den Augen lassen will. Sein erster Blick galt ihrem Gesicht, genauso auffällig, wie Julies Augen ihr vorhin aus dem Wege gegangen waren. Über Caroline kam eine seltsame Verwirrung. Es war, als hätte er vor allen Leuten ihre Hand ergriffen. Sie wurde unsicher. Das ist jetzt wohl der »Rückschlag«, von dem man immer hört und der so leicht eintrifft, wenn man gerade mit einem Manne Schluß gemacht hat ...

Dann wandte sich Carmichael an Mrs. Oliver. »Ich sah, daß Sie noch immer Licht haben. Aber das gleiche wird wohl morgen die ganze Nachbarschaft zu Ihnen sagen. Über Laura White habe ich herausgefunden, was sich herausfinden ließ, nämlich daß sie als Krankenschwester in einer Privatklinik namens *Traverton House* gearbeitet hat. Die Klinik ist seit einiger Zeit geschlossen, aber da Sie länger hier wohnen als ich, können Sie mir vielleicht etwas darüber sagen?«

Henrys Gesicht war ausdruckslos. Miss Mayberry murmelte vor sich hin: »*Traverton House* ... Nobel! Soweit haben wir gewöhnliche Arbeitstiere es nie gebracht«, und ihre schwarzen Brauen glitten interessiert in die Höhe. Mrs. Oliver wiederholte überrascht den Namen der Klinik. Und Julie Muir sagte ruhig und sachlich: »Natürlich weiß ich gut Bescheid über *Traverton House*.«
»Wirklich?« sagte Carmichael, und Caroline kam es vor, als sei seine Überraschung von der selben Art wie die Mrs. Olivers.
Julie nickte und ließ den Kopf müde an die Stuhllehne zurücksinken. Die entspannte Haltung stand in merkwürdigem Gegensatz zum nervösen Trommeln ihrer Fingerspitzen auf den Sesselarmen. Miss Mayberry sah sie ängstlich besorgt an und sagte zu Carmichael: »Ich hoffe, Sie machen es kurz. Mrs. Muir sollte im Bett sein. Den Krach habe *ich*, wenn der Arzt morgen kommt.«
»Unsinn«, sagte Julie kurz. »Ich fühle mich ganz wohl. Aber ich fürchte, ich kann da nicht viel Aufschluß geben. *Traverton House* ist ... war ... als Privatklinik sehr chic. Mich ließen sie überhaupt nur hinein, weil einer unserer Freunde den Direktor kannte. Ich war nur kurze Zeit dort, und ich kann eigentlich nur sagen, daß das Essen hervorragend war und die Pflege ungefähr dieselbe wie in jeder gutgeführten Klinik. Die Preise hingegen ... wenn man nicht das Glück hatte, Spezialpreise zu haben, wie ich – einfach horrend.«
»Sie waren nicht vielleicht gleichzeitig mit einer Mrs. Trent dort ... Mrs. Ellen Trent aus Weymouth?« fragte Carmichael. »South Shore ...«
»Nein«, sagte Julie, und Caroline, die Julie aufmerksam beobachtete, weil eine verhaltene Erregung in Carmichaels Ton mitgeschwungen hatte, war bereit zu schwören, daß Julies Antwort der Wahrheit entsprach. »Aber«, fuhr Julie fort, »ich habe den Namen kürzlich in der Zeitung gelesen. Wäre das möglich? Sie lebte hier in der Nähe, und sie hat sich erschossen oder sonst irgendwie umgebracht, nicht?«
Carmichael nickte. »Und Schwester Laura White? War sie zu Ihrer Zeit dort, Julie?«
»Das könnte ich nicht sagen«, antwortete Julie, und ihre Stimme klang plötzlich heiser und angestrengt. »In meinem Zustand kam mir eine Schwester so ziemlich vor wie die andere ... Sie wissen ja, wie das ist. Oder vielleicht wissen Sie es auch nicht.«
Miss Mayberry sah sie aufmerksam an und sagte eindringlich: »Mr. Carmichael, ich glaube wirklich, es ist jetzt ...« Und zur gleichen Zeit sagte Mrs. Oliver, so autoritär, wie sie Caroline nie zu ihrer älte-

ren Tochter hatte sprechen hören: »Julie – ich wünsche keinesfalls, daß du noch länger aufbleibst!«
Zu Carolines Überraschung stand Julie sogleich auf. Aber an der Tür zu ihrem Schlafzimmer wandte sie sich noch einmal um, und ihre Stimme klang beherrscht, als sie jetzt sagte: »Ach, Mutter schämt sich noch nach Jahr und Tag, weil die Olivers nie Nervenzusammenbrüche hatten. Aber mir ist das damals leider passiert. Nun gute Nacht allerseits – bis die nächste Polizeipatrouille fällig ist.«
Miss Mayberry warf Carmichael einen entrüsteten Blick zu und folgte Julie. Henry schüttelte verlegen den Kopf, und Caroline, die sich klar war darüber, daß sie etwas mitangehört hatte, das nicht für fremde Ohren bestimmt war, saß unbeweglich auf dem Sofa und bemühte sich, die anderen ihre Gegenwart vergessen zu lassen.
Nach einer fast unmerklichen Pause stand Mrs. Oliver auf und sagte müde und resigniert: »Bitte, Mr. Carmichael . . .«
Carmichael folgte ihr in die Küche.

13

» . . . und darum müssen Sie verstehen, daß sie so verbittert ist«, sagte eine Viertelstunde später Mrs. Oliver. Auch auf ihrem Gesicht lag Bitterkeit, gemischt mit Ablehnung. Sie gehört einer Generation an, bei der Zurückhaltung noch oberstes Gebot war, dachte Carmichael, wo man mit seinen Sorgen selber fertig wurde und jede Art von Gefühlsausbruch als ordinär empfand. Wenn sie jetzt doch gesprochen hatte, so waren die Ereignisse der Nacht daran schuld und die Übermüdung. Vor allem aber die Angst, daß Carmichael die letzte Bemerkung ihrer Tochter Julie falsch auslegen könnte.
Ein junger Ehemann, der auf dem Heimflug tödlich verunglückt war. Der Schock der Nachricht, der bei der schwangeren Frau eine Frühgeburt ausgelöst hatte . . . das waren die Gründe für Julies Aufenthalt in der Klinik. Aber so schwer diese Schicksalsschläge auch gewesen waren, Julie hatte jetzt drei Jahre gehabt, um sich davon zu erholen und ihr Leben neu zu gestalten. Statt dessen hatte sie sich zurückgezogen in eine Welt der eingebildeten Krankheiten, die schließlich ihre Gesundheit in Wirklichkeit schwer erschüttert hatten.
»Was sie so unglücklich macht, ist das Gefühl des – Mißerfolges. Sie mußte immer und überall Erfolg haben, immer den ersten Preis . . .

Habe ich sie falsch erzogen?« sagte Mrs. Oliver, mehr zu sich selbst als zu ihrem Zuhörer. »So brach sie nach Gilberts, ihres Mannes, Tod völlig zusammen. Es war um so schlimmer, als sie sich kurz zuvor, bei seinem letzten Urlaub, nach einer längeren Zeit der Unstimmigkeiten wieder ausgesöhnt hatten und sich beide freuten auf das Kind, von dem sie sich für ihr Eheglück viel versprachen.«
Carmichael dachte an Julies welkes weißes Gesicht und an ihre bittere, scharfe Zunge, und er begann unbehaglich auf seinem Stuhl herumzurutschen. Mrs. Oliver fuhr mit ruhiger Stimme fort: »Das Kind kam glücklicherweise in der Klinik zur Welt, aber obwohl man dort für es und Julie das Menschenmögliche tat, hatte sie doch das Gefühl, es hätte gelebt, wenn sie sich nicht so vollkommen hätte gehenlassen. Irgend etwas Derartiges schwebte ihr jedenfalls vor. Sie weigerte sich nachher strikt, nach New York und zu ihren Freunden zurückzukehren oder hier irgend jemanden zu sehen, und seither ist es mit ihr ständig bergab gegangen. Ich weiß nicht, was ich tun soll. Dr. Thornhill sagt, sie habe keine organischen Leiden, es fehle ihr am Willen, gesund zu werden, am Lebenswillen.«
Die Stille lastete schwer, Carmichael sagte ungeschickterweise etwas von der Heilung durch die Zeit und der Notwendigkeit neuer Interessen, im unbehaglichen Bewußtsein, daß er selber für kurze Zeit Julies »neues Interesse« dargestellt hatte.
Mrs. Olivers Finger zeichnete geistesabwesend die Figuren des Küchentischtuchs nach. Er fragte beiläufig: »Haben Sie sie einmal in *Traverton House* besucht?« Sie hob trotz ihrer Geistesabwesenheit mit lebhafter Bewegung den Kopf. »Ja, natürlich. Aber ich fürchte, daß ich Sie mit der Erzählung meiner Sorgen von Ihrem Vorhaben abhalte, Mr. Carmichael. Möchten Sie nicht eine Tasse Kaffee, bevor Sie gehen?«

»Abhalte« hatte sie gesagt . . . Wer weiß, ob da nicht im Gegenteil der richtige Weg zur Lösung des Rätsels lag? Während Carmichael seinen Wagen dem Städtchen zusteuerte, überkam ihn immer mehr die Gewißheit, daß irgend etwas an der kleinen Privatklinik, in der Laura White gearbeitet hatte, nicht in Ordnung gewesen sein mußte. Morton hatte kaum etwas davon gewußt, also mußte es eine sehr exklusive und diskrete Klinik gewesen sein. Miss Mayberry hatte mit ironischer Hochachtung die Augenbrauen hochgezogen, und während Mrs. Oliver und Julie mit scheinbarer Unbefangenheit davon geredet hatten, war ihm doch vorgekommen, als glitten sie geschickt über das Thema hinweg.

Wenn es Geheimnisse gegeben hatte in *Traverton House,* so waren sie jedenfalls dort sorgfältig gehütet worden. Dies mußte wohl auch so sein, wenn die ungewöhnlich hohen Preise einen Schutz garantieren sollten. Nervenzusammenbrüche waren ja durchaus gesellschaftsfähig, aber akuter Alkoholismus war es weniger und Drogensucht ebenfalls nicht, noch Geisteskrankheiten ...
Theorie, alles Theorie. Aber Laura White war tot. Sie hatte, laut Auskunft, *Traverton House* zusammen mit einer Patientin verlassen und hatte von da an nur noch Privatpflegen übernommen und in Bridgeport gewohnt, bis dann drei Jahre später eine Notiz in der Zeitung über den Selbstmord einer jungen Frau in Weymouth sie in diese Gegend zurückgebracht hatte.
Warum? Hoffnung auf Geldgewinn? Oder ein Gefühl moralischer Verantwortlichkeit für den Tod einer Frau, die vielleicht eine ehemalige Patientin war? Das letztere schien unwahrscheinlich, denn, wenn nicht alle möglichen Intrigen dahintersteckten, war Ellen Trents Selbstmord genau das, was er zu sein schien ...
Auf die bescheidene Chance hin, in den Akten seines Vorgängers etwas über Mrs. Trent zu finden, fuhr Carmichael auf die Redaktion zurück, machte im Setzersaal Licht und begann, die rostigen, staubigen Schubladen der altmodischen Registratur herauszuziehen. Der Buchstabe »T« wies glücklicherweise nur einen mageren Bestand auf. Die ersten Fächer waren sorgsam geordnet, weiter hinten aber war ein ganzes Bündel Ausschnitte in einem unordentlichen Haufen hineingestopft. Das Baby der Tollivers hatte öffentliches Aufsehen erregt, indem es in den nachbarlichen Springbrunnen gefallen war. Es war, ohne den geringsten Schaden genommen zu haben, wieder herausgefischt worden. Das Foto, das diesen Bericht begleitete, sah aus, als ob es auf dem Grunde des Springbrunnens aufgenommen worden wäre. Ein Bild, das Carmichael zunächst für das Konterfei einer ergrimmten Ziege hielt, stellte sich als Aufnahme Miss Loretta Trasks heraus im Moment, da sie ihre Stelle als Gemeindebibliothekarin kündigte. »Wir werden ihre immer fröhliche und lebensvolle Persönlichkeit sehr vermissen«, meldete dazu der *Star.*
Carmichael seufzte, zündete sich eine Zigarette an und suchte geduldig weiter.
Fünf Minuten später sah er sich belohnt, oder, bei näherem Zusehen, jeder Hoffnung beraubt. Dieses Bild war klar und deutlich. Drei junge Mädchen saßen – offenbar an einer Verlobungsfeier – lächelnd nebeneinander auf einem Sofa. Zur Rechten saß die Gastge-

berin, dem Mädchen zur Linken schenkte Carmichael keinen Blick. Denn die Mittlere war die Braut, Miss Ellen Elizabeth Coates, deren Hochzeit mit James Hamilton Trent für den folgenden Monat vorgesehen war.
Carmichael musterte das hübsche, lächelnde, etwas hochmütige Mädchengesicht und las den darunterstehenden Text: Die Räume waren mit weißen und bronzefarbenen Chrysanthemen geschmückt . . . Aha, da stand etwas: Miss Coates kehrt soeben von einem sechsmonatigen Aufenthalt in Europa zurück.
Als Laura White *Traverton House* verlassen hatte, war die Privatpatientin, die sie begleitete, auf jeden Fall nicht dieses junge Mädchen gewesen. Es wurde Carmichael erst jetzt klar, wie sehr er mit einem Zusammenhang zwischen diesen beiden Personen gerechnet hatte. Und doch wurde er auch jetzt das Gefühl nicht los, daß irgendwo im verborgenen ein solcher Zusammenhang bestand.
Sein Telefon schrillte dreimal, bevor er es auch nur hörte, so sehr war er in seine Gedanken vertieft.
Es war Amby Littauer, der aus Bridgeport anrief. Er sagte, er habe seit Carmichaels Anfrage wegen Laura White mehrmals anzurufen versucht. Er habe nämlich sofort nach dem Gespräch mit Carmichael aus purer Neugier in Laura Whites Wohnung angerufen. Es war eine bescheidene Pension, und die Vermieterin hatte etwas gesagt, von dem er annahm, daß es Carmichael interessieren könnte . . .
Die Pensionsinhaberin hatte den Eindruck gehabt, es sei etwas nicht in Ordnung, weil am Tage nach dem Autounfall Laura Whites Zimmer von irgend jemandem gründlich durchstöbert worden war. Es hatte ihr gar nicht gefallen, und es gefiel ihr auch jetzt noch nicht, schließlich führte sie eine ehrbare Pension, und so weiter . . .
Amby fuhr fort: »Da jeden Augenblick mit Laura Whites Tod gerechnet werden mußte, ging die Vermieterin in das Zimmer der Verunglückten, um nach Adressen von Angehörigen zu suchen. In Wirklichkeit wollte sie wohl bloß sehen, ob das alte Mädchen seine Unterwäsche auch ordentlich eingeräumt hatte. Am andern Tag, sagt sie, vermißte sie einen Einsteckkamm – was ist das eigentlich? – und fragte sich, ob sie ihn nicht im Zimmer der White verloren haben könnte. Sie fand die Tür, die sie tags zuvor abgeschlossen hatte, offen und das Zimmer ziemlich unordentlich und ganz anders, als tags zuvor. Sie glaubt, eines der Zimmermädchen sei bestochen worden, um jemandem das Zimmer zu öffnen.«
Carmichael war enttäuscht. »Eines der Zimmermädchen . . .«, sagte er.

»Nicht, was du jetzt denkst«, sagte Amby. »Es lag Geld auf dem Schreibtisch und eine gute Armbanduhr auf der Glasplatte im Badezimmer, und beides war unberührt. Das, worum es ging, muß sich im Büchergestell befunden haben. Wohlverstanden«, sagte Amby, »ich gebe nur wieder, was mir der alte Drache gesagt hat.«
»Hat sie es auch Laura White gesagt, als diese aus dem Krankenhaus zurückkehrte?«
»Ja. Und diese hat sich weiter nicht aufgeregt darüber. Sie sagte, sie besitze nichts Wertvolles, das man ihr stehlen könnte. Was meinst du, hatte sie wohl eine Sammlung pornographischer Literatur in ihrem Büchergestell?«
Carmichael antwortete, das würde er entschieden bezweifeln. Dann dankte er Amby für seinen Anruf und hängte auf.
Was könnte man wohl im Büchergestell aufbewahren, wenn man ein Zimmer mit Bad bewohnte? Wahrscheinlich Papiere, Briefe, Rechnungen, Bankauszüge, Dokumente, die man jederzeit zur Hand haben und doch nicht offen herumliegen lassen wollte, weil nicht jeder sie zu sehen brauchte. Und doch hatte es Laura White weiter nicht gestört, daß ihr Zimmer in ihrer Abwesenheit durchsucht worden war. Bekam diese Tatsache vielleicht erst Bedeutung im Zusammenhang mit Ellen Trents Selbstmord? Hatte Laura White erst, nachdem sie die Zeitungsnotiz gesehen, in ihrem Büchergestell nach irgend etwas gesucht, das dann nicht mehr vorhanden war?
Carmichael fühlte sich wie ein Autofahrer, der eine Ewigkeit erfolglos auf den Anlasser gedrückt hat und dessen Motor auf einmal anspringt. Aber er ermahnte sich, seine Wünsche nicht für Tatsachen zu nehmen, noch seine Theorien für Beweise. Trotzdem – seine Gedanken reihten sich jetzt rasch und präzise aneinander. Seine Hypothese würde manches erklären, was bis jetzt unverständlich gewesen war: die Tatsache, daß Laura White sofort gehandelt hatte angesichts eines Vorfalls, der sich als ein unbestreitbarer Selbstmord darstellte. Ihre unvorbereitete Abreise, die nicht auf die Absicht längeren Verweilens in Wicklow schließen ließ. Sie hatte offenbar vor, von einer ihr bekannten Person einen ganz bestimmten Gegenstand zurückzuerlangen und hatte sich in ihrer Einfachheit vorgestellt, daß sie bloß um die Rückgabe dieses Gegenstandes zu bitten brauche, um ihn zu erhalten. Die Worte, die Caroline Emmett beim Steinbruch oben gehört hatte: » . . . du siehst doch sicher ein, daß ich . . .« Was? Daß ich es zurück haben muß?
Reine Theorie – trotz dem Gefühl, daß er da auf solidem Boden

stand. Beim näheren Verfolgen löste sie sich wohl in nichts auf. Und doch mußte er sie verfolgen. Aber wie konnte er das, jetzt, um drei Uhr morgens?
Seine Gedanken kehrten zu Caroline Emmett zurück und zum geheimnisvoll belagerten Haus der Olivers. Die Logik sagte ihm, sie sei in Sicherheit, solange sie von Menschen umgeben sei, aber das drohende Wiederauftauchen der Handtasche, die da am Türknopf aufgehängt worden war, ließ Böses ahnen. Woran erinnerte ihn Carolines Lage? An irgend ein Erlebnis aus seiner Kindheit. Jetzt fiel es ihm wieder ein: sein schwarz- und graugefleckter deutscher Schäferhund hatte ein Eichhörnchen auf einen Baum getrieben und dann so lange bellend seine Kreise um den Stamm gezogen, bis das Eichhörnchen in seiner Angst den Kopf verlor und folgsam den Baum hinunterglitt – in das aufgerissene Maul mit den scharfen Zähnen . . . Er hatte nachher den Hund nie mehr so gern gehabt wie zuvor.
Carmichael schüttelte den Kopf, wie um seine Gedanken zu klären. Sein vor Müdigkeit erstarrter Blick blieb an Mortons sauber aufgeräumtem Schreibtisch hängen. Dabei fiel ihm der andere Morton ein, mit den Seidenkissen auf dem alten Schlitten und den komplizierten Lampen und den vielen Zimmerpflanzen. Und Morton selber und seine verkniffenen Augen, während er seine mageren Auskünfte über *Traverton House* vorbrachte. Mager, ja – aber war da inmitten der Allgemeinheiten nicht etwas Besonderes gewesen? Ein Name? Der Angelpunkt der ganzen Sache?
Drei Uhr – zum Teufel, wenn schon! Carmichael langte in grimmigem Entschluß nach dem Telefonbuch von Weymouth.

14

Drei Uhr. Caroline Emmett hatte eben, ohne recht zu wissen, warum, gespürt, daß ihr kleines, so mühsam erklommenes Sicherheitspodest ins Wanken geriet.
Zuerst hatte Miss Mayberry sich zurückgezogen, nachdem sie sich noch gewissenhaft erkundigt hatte, ob Carolines Kopfschmerzen etwas nachgelassen hätten. »Hören Sie auf mich, Sie müssen sich jetzt unbedingt eine Weile hinlegen. Ich könnte Ihnen ein Schlafmittel geben, falls Sie das wollen, aber ich glaube, unter diesen Umständen ist es besser . . .«

»Nein!« sagte Caroline heftig und stellte gleich darauf fest, wie sehr sie die zielbewußte und beruhigende Persönlichkeit der Schwester vermißte, sobald Miss Mayberry und ihr kariertes Wollkleid verschwunden waren. Mrs. Oliver sah auf die Tür, die sich hinter der Schwester geschlossen hatte, und sagte dann entschuldigend: »Hören Sie, ich glaube, ich sollte jetzt auch in mein Zimmer gehen und ein paar Minuten die Augen schließen. Nicht wirklich schlafen, natürlich – nur ausruhen möchte ich mich einen Moment.«

»Selbstverständlich«, sagte Caroline und fühlte ihr Herz schwach werden. Sie hörte Carmichaels Stimme sagen: »Es kann Ihnen nichts geschehen, *solange Sie von Menschen umgeben sind.«*

Lydia und Julie lagen in tiefem Schlaf, Miss Mayberry war weggegangen, und Mrs. Oliver blieb einen Augenblick an der Tür ihres Zimmers stehen und lächelte Caroline entschuldigend zu, bevor sie sie hinter sich schloß. Es war natürlich Unsinn, sich einzubilden, daß sich da einer nach dem andern, wie nach einem bestimmten Plan, zurückzog. Übrigens war ja das Haus verschlossen und verriegelt, das Unheimliche draußen konnte nirgends eindringen, und am andern Ende des Wohnzimmers saß Henry Oliver lesend in einem Sessel.

Las er wirklich? Das stille Zimmer mit seinen pfauenblauen Wänden, der schräge Schatten des Tisches auf dem Teppich, Henrys geneigter Kopf und seine unbeweglich ausgestreckten Beine – alles schien plötzlich erschreckend eindimensional, wie ein gemaltes Bild, mit dem man ein Kind zum Narren halten will . . .

»Henry«, sagte Caroline von Panik ergriffen, und Henry riß verstört die Augen auf.

»Verzeihung«, sagte er und rieb sich mit einer müden Bewegung das Gesicht. Als er den Kopf wieder hob und zu reden begann, war seine Stimme verwischt und schlaftrunken. »Da – da bin ich doch beinahe eingeschlafen. Wollen Sie etwas trinken? Limonade?«

»Lassen Sie sich nicht stören«, sagte Caroline. Er war todmüde, er schwankte sogar im Sitzen. »Soll ich Kaffee machen?« fragte Caroline hoffnungsvoll. Aber er war schon aufgestanden und ging mit den feierlichen Schritten eines Schlafwandlers der Küche zu.

Mrs. Oliver hatte das Sofa zum Schlafen hergerichtet und eine zusammengefaltete Decke verlockend über dessen Ende gelegt. Caroline blickte mit einer Mischung von Furcht und Sehnsucht auf das Lager. Ihr Körper schrie nach Schlaf, aber ihr Geist wich zurück vor der Hilflosigkeit und Verwundbarkeit, die er mit sich brachte. Sie

hatte schon vorhin fast geschlafen, und nur ein letzter, wacher Rest von Instinkt hatte ihren Kopf vor jenem Stein gerettet.
Sie saß in dem chintzüberzogenen Sessel, wartete auf Henry und vermied es, das Sofa auch nur mit dem Blick zu streifen. Nach und nach begannen das matte gelbliche Licht und die Schatten in den Winkeln sich zu vermengen. Sie schwollen an, zogen sich wieder zusammen, und auf einmal war da eine winzige, beleuchtete Schachtel am Grunde eines schwarzen, nassen Wirbels. Und in der Schachtel lag eine hilflose Marionette, hilflos, weil die Fäden durchgeschnitten waren, und auf der andern Seite des Wirbels schimmerte eisig kalt das Auge eines Mörders. Jetzt reichte eine Hand herab, die Marionette zu fassen und zu zerschmettern, und eine Stimme sagte in entsetzlich vertraulichem Ton: »Hier ist Ihre Limonade!«
Caroline fuhr auf, sah in Henry Olivers Gesicht und nahm das kalte Glas aus seiner Hand entgegen. Die Limonade schmeckte stark nach Gin. Sie sah Henry etwas überrascht an, und dieser zwinkerte feierlich mit einem Auge. Oder gehörte das noch zu ihrem Traum von vorhin? Nein, doch nicht, denn Henry hob jetzt sein Glas und sagte mit dem Lächeln eines Komplicen, aber sehr undeutlich: »Ich wollte Ihnen schon lange insch Auge bli-blicken, aber die Familie ischo schau-schauderhaft ehrbar . . . jetzt sind alle im Bett . . . also po-prost . . . auf was Sie sich wo-wünschen . . .!«
Das war es also. Die verschlafene Stimme, das leise Schwanken – das, was sie für Übermüdung gehalten hatte.
Er setzte sich, steif und übertrieben feierlich. Caroline musterte ihn mit erzwungener Gleichgültigkeit und überlegte. Er hatte bis jetzt fast ununterbrochen ein Glas in der Hand gehabt. Das waren wohl so fünf bis sechs Whisky, und wenn alle so höllisch stark gewesen waren wie dieser Gin . . . Er hatte wohl Zeit gehabt, auch von diesem ein Glas auf Vorrat zu leeren, bevor er hereinkam. So mußte es sein, denn sonst hätten Mrs. Oliver, Miss Mayberry oder sie selbst doch sicher vorher schon etwas gemerkt. Oder aber er gehörte zu den Trinkern, die still und friedlich und längere Zeit trinken können, um dann plötzlich im Rausch zu versinken wie in einem Teich.
War das der Grund von Henrys gelangweilter Bitterkeit und Ironie, diese verborgene Sucht, die jetzt, in dieser Nacht der Krise, mit Macht hervorbrach?
O Gott, dachte Caroline enttäuscht, es ist, als reiße man einem die letzte Krücke aus der Hand. Sie blickte auf die Uhr und dann wieder

auf Henry, der, den Kopf zurückgelegt, friedlich an die Zimmerdecke starrte.
Viertel nach drei. Wenn sie ihn nur zum Reden bringen könnte, damit er wach blieb! Hatte das kalte gelbe Auge im schwarzen Wirbel gerade auf diesen Moment gewartet?

Die Nacht vom 16. zum 17. April war, wie sich später aus übereinstimmenden Berichten ergab, unruhig. War es der Regen, der bald heftiger, bald leichter fiel, war es der ewig wechselnde Wind oder irgendeine Laune des wolkenverhüllten Mondes – die meisten Leute schliefen schlecht und wachten alle Augenblicke auf.
Mrs. Gill, die sich, bald nachdem Carmichael sich bei ihr über Laura White erkundigt hatte, zu Bett legte, wachte kurz nach Mitternacht wieder auf. Freilich war, nach Mr. Simms' Aussage, Miss White etwa um halb acht auf ihrem Zimmer gewesen, aber Mr. Simms war, milde gesagt, schwerhörig. Eine Berühmtheit sei diese Miss White, hatte Carmichael durchblicken lassen. Wie gräßlich, wenn der Frau etwas zugestoßen wäre! Alle Zeitungen würden voll sein davon. Aber was sollte ihr in einem kleinen Nest wie Wicklow schon zugestoßen sein? Trotzdem . . .
Widerstrebend und erst nach langem Kampfe mit ihrem schwachen Fleische zwang sich Mrs. Gill dazu, ihr warmes Bett zu verlassen. Sie zog ihren besseren Schlafrock an und ging die Treppe hinauf. Es zog furchtbar, aber sie wäre lieber umgekommen, als das zuzugeben. Plötzlich ging eine Türe auf, und die ältliche Miss Batchelor, die in einer ständigen Angst – oder Hoffnung – lebte, es könnte einmal brennen und die Feuerwehrleute könnten sie dann dazu überreden, in ein ausgespanntes Tuch hinunterzuspringen, sagte wach und munter: »Was ist denn, Mrs. Gill? Ist etwas nicht in Ordnung?«
Miss Batchelor wohnte schon seit fünf Jahren in der Pension und war also für Mrs. Gill eine Vertrauensperson. Sie begann zu flüstern, und Miss Batchelor war in der Lage, sie von allen Sorgen zu befreien: »Doch, doch, sie ist drinnen«, sagte sie mit einer Kopfbewegung nach Laura Whites Zimmer. »Und ich werde mich nicht wundern, wenn sie morgen ziemlich Kopfweh hat. Sie hat eine Ewigkeit gebraucht, bis sie das Schlüsselloch getroffen hat. Ich wäre beinahe hinausgegangen, um ihr zu helfen – aber Sie wissen ja, wie schwierig die Leute sein können – in dem Zustand.«
Mrs. Gill ging beruhigt ins Bett zurück. Immerhin, es war recht merkwürdig. Seit sie ihre Pension führte, hatte sie es mit allerhand Leuten zu tun gehabt. Und doch hätte sie geschworen, Miss White

gehöre nicht zu der Sorte, die stockbetrunken nach Hause kommt. Aber schließlich sah sie ja auch nicht aus wie eine Berühmtheit und war trotzdem eine. Sie hatte eigentlich bloß nervös und aufgeregt ausgesehen und – aber das war natürlich lächerlich von Mrs. Gill – ein bißchen verängstigt.

Fanny Longfellow konnte auch nicht schlafen, aber ihre Sorgen waren die der verliebten und jungverheirateten Frau. Sie setzte sich im Bett auf und blickte liebevoll in das friedlich schlafende Gesicht ihres Mannes. Vorfenster muß er verkaufen, dachte sie. Wenn man so schön ist wie er! Beim Film sollte er sein! Das Netteste war, daß er gar nicht eingebildet war auf sein gutes Aussehen und auf sein goldglänzendes Haar. Er war zufrieden, und er liebte sie und sein Heim und seinen Beruf. Sie hatte großes Glück gehabt, denn sie wußte – aus versteckten Andeutungen ihres Mannes –, daß es miserable Männer gab, wahre Bestien.
Was hatte er doch heute abend erzählt, von jenem Haus, wo er seinen letzten Besuch gemacht hatte? Eine junge Frau, die offenbar von ihrem Mann arg verprügelt worden war, blaue Flecken überall, Schnitte in den Beinen und ein ganz zerkratztes Gesicht. Er hatte gar nicht gewußt, wohin sehen, so peinlich war es. Auf den ersten Blick sahen ja dort alle aus wie anständige Menschen, aber es lag auf der Hand, daß er sie mißhandelt hatte. Alle hatten sich merkwürdig und verlegen benommen, und das Gesicht des Mädchens war weiß wie ein Tuch gewesen. Ach ja, Fanny Longfellow hatte Glück gehabt . . .

Margaret Vermilya erwachte alle Augenblicke im großen Doppelschlafzimmer, das die Ecke des Hauses bildete. Sie erwachte häufig in der letzten Zeit. Kein Wunder: ein neues Schlafzimmer, ein neues Bett, ein neuer Ehemann. Robert Vermilya schlief seinen gesunden Schlaf im Bett neben dem ihren, und sie begann über das nachzudenken, was der Tag mit sich gebracht hatte.
Die Putzfrau am Morgen war frech gewesen. Immer: »Die erste Mrs. Vermilya wollte es so und so haben« und »bei der ersten Mrs. Vermilya habe ich . . .« Nächstes Mal wollte sie einmal energisch auftreten. Hatte der Gärtner sie nicht hereingelegt? Die Kletterrosen sahen nicht sehr kräftig aus.
An allem ist Robert schuld, dachte sie unvernünftig. Warum hat er mich nicht sofort und in aller Öffentlichkeit in Wicklow vorgestellt? Begreiflich, daß die Leute es merkwürdig fanden. Noch vor sechs

Monaten hatte es eine andere Mrs. Vermilya gegeben, und der Arzt hatte sie nach Arizona geschickt. Aber auch dort, in der reinen, gesunden Luft, hatte sie ihre Gesundheit nicht zurückerlangt. Und nach ihrem Tod war Robert verzweifelt zu Margaret gekommen, der alten, vertrauten Freundin aus den Kindheitstagen. Erst als sie verheiratet und auf der Rückreise waren, hatte er sich überlegt, daß die Leute wohl finden würden, er habe sich gar zu schnell getröstet.

Seitdem hatten sie vier endlose Wochen lang wie Einsiedler gelebt, so daß jeder, der sie im Städtchen antraf, sie verblüfft musterte. Das junge Mädchen im Hause Oliver, heute abend, hatte sie geradezu entsetzt angestarrt . . .

Mr. Clive hatte überhaupt noch keinen Schlaf gefunden, als es vom Kirchturm drei Uhr schlug. Seit sein eigenes Leben nach dem Tode seiner Frau und seines Sohnes so leer geworden war, hatte er sein ganzes Interesse seinen Nachbarn zugewandt. Es war nicht die gewöhnliche nachbarliche Neugier. Die Umstände und seine Einsamkeit hatten sie zu einem Trieb anwachsen lassen, so mächtig, wie es sonst nur der Hunger werden kann oder der Durst. Möglichst viel zu wissen vom Leben seiner Nachbarn und über dieses Wissen nachzudenken und sich sein Urteil darüber zu bilden, war ihm geradezu ein körperliches Bedürfnis. So wurde ihm sein nächtlicher Besuch im Hause Oliver zu einem wahren Fest. Natürlich war das junge Mädchen in irgendwelchen Schwierigkeiten, soviel stand fest, auch wenn sich alle noch so sehr bemühten, es zu verheimlichen. Ganz sicher war sie es gewesen, die er so wild an seine Haustür hatte hämmern hören, als er von seinem Abendspaziergang zurückkehrte. Er hatte seine Taschenlampe angemacht, und sie war auf einmal fortgerannt, als sei der Leibhaftige hinter ihr her. War sie es, die in einem Anfall von Verstörtheit den kleinen Hund umgebracht hatte? Sie machte entschieden keinen normalen Eindruck, sie sah aus, als sei sie drauf und dran, loszuschreien, als er, ein Unschuldiger und ihr völlig Fremder, ihr verlorenes Taschentuch zurückbrachte. Nun, vielleicht hatte er sie auch auffällig angestarrt, weil sie seiner verstorbenen Frau ein wenig ähnlich sah – dieselben dunkelblauen Augen, mit denen Helen ihn so oft unter ihren geschwungenen Brauen hervor angeblickt hatte.

Clive legte sich auf den Rücken. Seine Neugier war wie weggewischt. Er starrte traurig ins leere Dunkel der Nacht.

»Henry?« sagte Caroline eindringlich. »Henry!«
Es hatte keinen Sinn. Seine Finger glitten schlaff am Glas herunter, der nach der Decke gehobene Kopf sank herab, bis das Kinn fast die Schulter berührte. Er schlief so tief, als wollte er nie wieder erwachen. Er schläft nicht nur, dachte Caroline ärgerlich, er ist sinnlos betrunken.
Abgesehen von der Angst vor dem Alleinsein in dieser drohenden Nacht, änderte es freilich nichts an ihrer Lage. Das Haus war immer noch verschlossen und sicher, die Jalousien waren heruntergelassen. Niemand konnte sehen, daß sie schutzlos war.
Um Gottes willen, fiel Caroline plötzlich ein – es ist ja Henry, der das Haus hätte abschließen sollen!
Sechs Türen, hatten sie gesagt. Hatte er sie wirklich alle geschlossen und verriegelt, oder hatte er nur die Absicht gehabt? In seinem Zustand war alles möglich. Oder hatte er mit der Sorglosigkeit der Betrunkenen einfach das Ganze als Weibergeschwätz abgetan und überhaupt nicht abgeschlossen?
Es war Viertel vor vier. In etwas mehr als einer Stunde würde das Dunkel anfangen sich zu lichten. Sicher hatte kein auch noch so verzweifelter Mensch es bis jetzt draußen ausgehalten, durch all diese langen, finstern Stunden. Und doch, da war die Handtasche, die an den Türknopf gehängt worden war, da war das halbleere Zigarettenpäckchen mit den spielerisch gepreßten Fältchen an der Seite, das sie im Hühnerstall gefunden hatten . . .
Sie mußte selber nachsehen, ob die Türen wirklich abgeschlossen waren.
Sie wußte nicht recht, warum es ihr widerstrebte, die Stille des schlafenden Hauses zu brechen. Vielleicht, weil jedes Geräusch zu dieser Morgenstunde winzige Kettenreaktionen anderer Geräusche mit sich bringt?
Jedenfalls zog Caroline ihre Schuhe aus und ging leise auf nackten Sohlen in das schattenerfüllte Eßzimmer.
Sie wollte mit dem Scheuneneingang anfangen. In der Küche roch es nach verschüttetem Gin, und ein Wasserhahn tropfte leise und unregelmäßig. Ohne zu wissen, was sie tat, drehte Caroline den Hahn zu, wischte eine Pfütze Gin vom Küchentisch auf und stand dann vor der Tür, die zur Scheune führte. Sie zwang sich, sie zu öffnen. Ein Schwall feuchter Nachtluft drang herein. Caroline fand den Lichtschalter und ging den kurzen, grüngestrichenen Gang hinunter bis zur Scheunentür. Sie war verriegelt. Eine, dachte Caroline.

Auch die Küchentür neben dem Fenster, an das die Fliederbüsche klopften, war zu. Macht zwei.
Jetzt zurück durch das Eßzimmer, zu der Tür, durch die sie angeblich in Carmichaels Auto geschlüpft war und durch die nach dem Absuchen des Gartens die Polizisten hereingekommen waren. Sie erinnerte sich, daß da einhölzerner Drehriegel war, aber wo? Ihre Hand glitt über die Wand des kleinen Vorzimmers und fand einen Schalter, der die Außenlampe anzündete. Durch das schmale Oberlicht der Tür strömte Helligkeit, und schon sah sie den hölzernen Riegel, der ordentlich vorgelegt war. Drei! Hinter ihr bog der enge Zugang zur hinteren Treppe im rechten Winkel ins Dunkel ab. Wie gut, dachte Caroline, daß gerade diese Tür gut verschlossen ist. Damit war ihr Kontrollgang in einem Flügel des Hauses beendet. Sie streckte, ohne hinzuschauen, die Hand nach dem Lichtschalter aus und erwischte statt dessen einen Ärmel. Ein Mantel glitt herunter und fiel ihr vor die Füße, und hinterher kam ein metallener Kleiderbügel und fiel mit rasselndem Lärm zu Boden.
Jetzt hatte sie also das Haus doch aufgeweckt. Caroline bückte sich rasch, hängte den Mantel – es war Henrys Wintermantel – wieder auf den Bügel und überlegte sich den Weg nach den drei anderen Türen. Die Haustür beim Wohnzimmer – der Separateingang zu Miss Mayberrys Wohnung, auf der Straßenseite, und – wo war die sechste?
Aber was war das? Ihr Herz stand beinahe still, ihr Atem ging in mühsamen Stößen, eiskalte Übelkeit stieg in ihr auf.
Sie wußte es schon, bevor sie sah, was zu dem Ärmel gehörte, und da war auch der dunkle, rechtwinklige Riß im beigefarbenen karierten Futter der rechten Innenseite. Es war doch nicht nur ein Schatten gewesen, das, was sie gesehen ahtte und was ihr immer wieder im Kopf herumgegangen war, wenn sie versucht hatte zu beschreiben, was die Taschenlampe eine Viertelsekunde lang beleuchtet hatte. Nicht eine Falte war es, sondern ein Riß, dessen Bild ihr deutlich in Erinnerung stand.
Jener Regenmantel . . .
Jemand hatte ihn angezogen, um zu töten, und hatte ihn dann hier aufgehängt, versteckt unter einem Wintermantel, einer Lederjacke und einem Trenchcoat. Von außen hatte niemand durch die verriegelte Tür kommen können, noch hätte jemand Zeit gehabt, alle andern Kleider von dem Haken zu nehmen, den Regenmantel mitsamt dem Bügel aufzuhängen und ihn unter den andern Sachen zu verstecken.

Niemand von außen ...
Diesmal fand sie den Schalter sofort. Das Dunkel fiel über den kleinen Gang und den entsetzlichen Mantel.
Caroline zwang sich mit Gewalt zu eisiger Ruhe. Auf nackten Sohlen ging sie durch das Haus, in dem sie sich so dankbar verbarrikadiert hatte – zusammen mit dem Mörder ...

15

Meine Schuhe ...!
Dort lagen sie, im Schatten der Decke, wo sie sie in blinder Angst zuerst übersehen hatte.
Ganz leise trat Caroline ins Wohnzimmer. Eine unbekannte Kraft in ihr befähigte sie, in diesem Augenblick ruhig und logisch zu denken. Zieh die Schuhe an! Geh ganz ruhig zur Haustür, als ob alles in bester Ordnung wäre, und dann – dann reiß sie rasch auf und renn, so schnell du kannst, befahl sie sich.
Einen Schuh hatte sie an. Einen – wie Laura White. Jetzt der andere.
Irgendwo im Haus wurde ganz leise eine Tür geöffnet. Vielleicht hatte es auch nur im alten Holz geknackt. Caroline wandte behutsam den Kopf nach Henry Oliver und sah zu ihrem Entsetzen, daß schmale weiße Streifen zwischen seinen Lidern schimmerten, die doch eben noch fest geschlossen gewesen waren.
»Geht mir ausgezeichnet«, sagte Henry ernsthaft und machte die glasigen Augen weit auf. »Moment, bin gleich bei Ihnen.«
Und schon sanken seine Lider wieder über die Augen. Aber Caroline änderte ihren Plan. Mit klopfendem Herzen, aber äußerlich fast gleichgültig, schritt sie aus dem Zimmer zur Hintertür, durch den dunklen, kleinen Gang, wo der Mantel des Mörders so harmlos auf seinem Bügel hing. Dort, im Halbdunkel, verließ sie ihre Ruhe. Sie fingerte in rasender Hast an dem schweren Holzriegel und nachher am eisernen Schlüssel. Einer ihrer Fingernägel brach ab, aber jetzt ging die Türe auf, und schon war sie draußen in der kalten, feuchten Nachtluft.
Ein Glück, daß sie vorhin der Polizei bei der Durchsuchung des Gartens zugesehen hatte. Alle die kurzen Blicke auf Rasen, Bäume und Hintergrund schmolzen jetzt zu einer Einheit zusammen, in der sie sich zurechtzufinden vermochte. Geradeaus fiel der Boden ein we-

nig ab, hinunter zu den alten Obstbäumen, rechts ragte der kurze Anbau des Stalles dunkel empor. Caroline ging nach links, streifte die rauhen Äste des Magnolienbaums im Winkel des Hauses und begann die Wiese hinunterzurennen, die Carmichael vor Stunden in seinem Wagen heraufgekommen war.
Sie war schon die Hälfte der Wiese hinuntergerannt, als über sie und das Gras ein scharfer Lichtkegel fiel, heftig wie eine lautlose Explosion. Das Licht erlosch sofort wieder, aber eine Sekunde hatte genügt. Eine Tür des Hauses fiel leise ins Schloß. HinterCaroline wurde das Dunkel unheimlich lebendig. Der Mantel . . . der Riß . . . Carolines Augen brannten. Sie änderte die Richtung und rannte in wilder Panik weiter.
Nasses Gras. Ein steiler Hang. Ihr Atem kam keuchend in kurzen Stößen. Das furchtbare Gefühl, daß sie das alles schon einmal erlebt hatte, lähmte ihr die Beine. Sie rannte ohne Ziel und Richtung, blind und ziellos. Waren es Sekunden oder eine endlose Folge halbverwischter Vorgänge und Schatten – sie wußte es nicht, aber etwas griff schmerzhaft nach ihrer Schulter. Sie drehte sich im Kreise und fiel zu Boden. Über ihr flüsterte etwas, zischend, scharf, aber unverständlich. Caroline raffte ihre letzte Kraft zusammen und schrie, oder glaubte jedenfalls zu schreien. Jemand im Hause öffnete ein Fenster.
Eine Stimme – Mrs. Olivers Stimme – schien aus meilenweiter Entfernung zu kommen. »Was ist los? Wer ist dort?« Im selben Augenblick traf ein heftiger Schlag Carolines Kopf, und sie verlor das Bewußtsein.

Es kehrte langsam wieder zurück, in merkwürdigen Wellen und Spiralen, langsam, wie aus einem Tropfenzähler, in kleinen Absätzen. Etwas mußte mit ihrem Kopf geschehen sein, der Schmerz erwachte zusammen mit ihr selbst. Die Oberfläche, an der ihre Hände herumtasteten, war nicht Gras, sondern ein Bett, und der schwere, helle Schein, den sie als Morgensonne gespürt hatte, war das Licht einer Lampe. Die Fenster hinter der Lampe waren schwarz.
Der Schmerz im Kopf und die Bedeutung des stillen Zimmers brachten Caroline vollends zum Bewußtsein ihrer Lage. Ihr Körper wurde steif. Sie hatten sie nicht entrinnen lassen. Sie war wieder im Haus, und nichts hatte sich geändert, außer, daß sie sich dem Mörder unwiderruflich verraten hatte, dem Mörder, der besorgt und hilfreich durch diese Zimmer wanderte und der mitgeholfen hatte, alle Türen zu verriegeln, vor der harmlosen Aprilnacht.

Wer von ihnen war es? Am Ende alle . . .?
Lieg ganz still. Tu, als ob du schliefest . . .
Irgend jemand, den sie nicht sehen konnte, sagte leise: »War er zu Hause?«
»Ja. Er kommt sofort.« Das war Miss Mayberrys Stimme, leise, aber deutlich, die Krankenzimmerstimme. »Sie kommt zu sich. Wollen Sie mir bitte ein Glas Wasser holen?«
Ihre verkrampften Hände auf der Bettdecke mußten sie verraten haben, und sie hätte doch so gerne mehr Zeit gehabt, um sich an die neue, unmittelbare Gefahr zu gewöhnen und zu überlegen, was sie tun könnte. Sie öffnete langsam und widerwillig die Augen und fühlte ihre Lider zucken vom plötzlichen, heftigen Schmerz. Der verstörte Blick, mit dem sie um sich sah, war nicht gespielt. Sie war offenbar in Mrs. Olivers Zimmer. Die Tapeten zeigten verblaßte Blumen. Die Fenster lagen nach zwei verschiedenen Seiten. Eine Schreibtischlampe beschien eine erstaunliche Anzahl aufgestellter Fotografien. Neben dem Bett stand Miss Mayberry und sah sie mit einem merkwürdigen Ausdruck an. Oder war es vollständige Ausdruckslosigkeit?
Aber sie sagte nur: »Schmerzt der Kopf sehr? Reden Sie nicht, wenn es Ihnen Mühe macht«, und streckte automatisch die Hand nach Carolines Puls aus. Trotz aller Vorsicht konnte Caroline ein leichtes Zurückweichen nicht unterdrücken. Miss Mayberry bemerkte es und zog die Augenbrauen in die Höhe. Dann sagte sie: »Der Arzt kommt gleich, er ist schon unterwegs. Übrigens sind Sie nicht schlecht beisammen für ein Mädchen, das in eine Ulme gerannt ist . . .«
»Aber ich bin doch . . .« Es kam unwillkürlich wie vorhin das Zurückweichen, aber Caroline brach noch rechtzeitig ab. Sie nahm wahr, daß noch etwas aufgehört hatte: eine Bewegung unter der Tür. Caroline sagte schläfrig: »Ach was, bin ich das wirklich?« Die Bewegung unter der Tür setzte wieder ein. Es war Mrs. Oliver mit einem Glas Wasser. Ihr Gesicht war blaß und faltig, als hätte es jemand mit unsorgfältiger Hand verschoben. Ihre glänzenden braunen Augen waren weit aufgerissen. »Caroline! Gott sei Dank geht es Ihnen besser. Als ich Sie da draußen am Boden fand, dachte ich wahrhaftig für einen Moment . . .«
»Mrs. Oliver«, sagte Miss Mayberry beherrscht, »könnte ich jetzt vielleicht das Wasser haben?«
Mrs. Oliver trat unter Entschuldigungen an die andere Seite des Bettes. Caroline drehte behutsam den Kopf, um etwas zu sehen,

was sich am Rande ihres Gesichtsfeldes bewegte. Es war Julie, die am Türpfosten lehnte. Sie trug jetzt einen dunkelblauen Wollschlafrock und sah erstaunlich weniger krank aus als in dem wallenden weißen Gewand. Sie sagte in das Gemurmel über Carolines Kopf hinein: »Ihre Instrumententasche? Ich glaube, die ist noch bei mir, ich will sie holen.«
Instrumententasche? Wofür? Der Arzt kam doch gleich – ein Fremder, ein Außenstehender. Einer, dem sie erzählen konnte von der Hand, die sich da draußen an ihren Hinterkopf gelegt hatte, von dem furchtbaren Stoß gegen den Baum . . . Caroline versteckte ihre feuchtkalten Hände unter der Decke. Sie mußte sich ihr Leben mit unschuldiger Harmlosigkeit erkämpfen, bis der Arzt eintraf.
Julie war zurück, und zusammen mit ihr war Henry eingetreten, ein unsicher zaudernder Henry, feucht und mit nassen Haaren. Er hatte sich offenbar nach einer kalten Dusche hastig wieder angezogen. Jetzt warf er einen flehenden Blick in Carolines Richtung, und sie lächelte ihm schwach und mechanisch zu.
Ein Dschungel, dachte sie. Tiere, die heranschleichen, eines nach dem andern, und gespannt auf das erste, leiseste Anzeichen der Furcht warten, um ihr Opfer anzuspringen.
»Da«, sagte Miss Mayberry, die eine Hand flach ausgestreckt, in der andern das Glas mit Wasser. »Das wird Sie beruhigen, bis der Arzt kommt, er hat es übrigens verordnet. Schlucken Sie es rasch, und dann lassen wir Sie in Ruhe.« Es war eine kleine weiße Tablette. Wer weiß. Nein, dachte Caroline entschlossen. Ich will nicht. Aber sie durfte ihre Angst nicht verraten, sie mußte tun, als nehme sie die Tablette. Die Gedanken jagten sich in ihrem schmerzenden Kopf. Julie sagte: »So im Liegen kann sie doch nichts einnehmen.« Und Mrs. Oliver schlug vor: »Vielleicht ein zweites Kissen?«
Wollten sie sie zwingen? Caroline richtete sich entgeistert auf und sah sofort ein, daß sie nichts Besseres hätte tun können. Die plötzliche Bewegung rief Übelkeit in ihr hervor. Zwischen dem Würgen stieß sie hervor: »Ich kann jetzt – unmöglich etwas – bei mir behalten. Legen Sie sie bitte dorthin.«
Miss Mayberry legte hastig die Tablette auf den Nachttisch. »Hier«, sagte sie. »Möchten See ein Handtuch?«
»Gern«, sagte Caroline und ließ sich schwach, aber erlöst in das Kissen zurücksinken. Aus den Augenwinkeln konnte sie die Tablette neben dem Glas liegen sehen. Wenn sie nur wüßte, ob es wirklich ein unschuldiges Mittel gegen Schmerzen war. Die ganze linke Seite ihres Kopfes stach und hämmerte. Aber sie durfte es nicht dar-

auf ankommen lassen. Sie schloß die Augen, und die Schmerzen ließen etwas nach.
»Geht es besser?« Man glättete ihr Kissen. Sie lauschte unbeweglich auf den Wagen des Arztes. Die andern murmelten, und eine harte Stimme schlug in das Gemurmel, als würfe man einen Stein in ein Spinnennetz: »Was zum Teufel hat sie überhaupt da draußen zu suchen gehabt?« Es war Lydias Stimme.
Caroline wunderte sich, daß sie das nicht schon längst gefragt hatte. Sie öffnete die Augen und sagte mit gespielter Verwirrtheit: »Ich hätte nicht so weit vom Haus weggehen sollen. Ich wollte ein bißchen an die frische Luft, und dann verlor ich draußen im Dunkel den Kopf und begann zu rennen. Ich suchte den Vorplatz . . . ich konnte nicht klar denken, und dann muß mir die Ulme in den Weg gekommen sein.«
Schweigen. Wer lachte jetzt heimlich, hinter einem ernsten Gesicht hier im Lampenschein? Wer lachte jetzt vor Verachtung über ihren schwächlichen Versuch, Zeit zu gewinnen?
Mrs. Olivers helle Augenbrauen zogen sich zusammen. »Sie haben geschrien.«
»Wirklich?« sagte Caroline. Ihre Hände unter dem Leintuch und der leichten Wolldecke waren eiskalt und feucht. »Ich kann mich nicht erinnern. Ich verliere sehr leicht den Kopf«, sagte sie dann.
»Das ist unter den Umständen weiter nicht verwunderlich«, sagte Miss Mayberry, und ihre Stimme hatte wieder diesen unbeteiligten Ton, als hätte sie allen Anwesenden seelisch den Puls und den Blutdruck gemessen, bliebe aber ihrer Berufsgewohnheit treu zu beobachten und zu schweigen. »Sie sollten unbedingt mehr Ruhe haben, wenigstens bis der Arzt kommt. Wenn es Ihnen allen nichts ausmacht, möchte ich Sie bitten . . .«
Alle verließen gehorsam das Zimmer. Caroline blieb allein. Sie wußte, daß sie gerade durch eine Prüfung gegangen war, aber sie wußte auch, daß sie von vornherein keine Chance gehabt hatte, sie zu bestehen. Sie sah nach der Tür. Diese war nicht geschlossen, nur angelehnt. Wie leicht konnte irgendeiner von ihnen hereinschlüpfen . . .
Sie durfte jetzt nicht darüber nachdenken, sie mußte um jeden Preis ruhig und vernünftig sein, wenn sie mit dem Arzt reden sollte. Aber ihr Haar – ihr Gesicht! Sie sah sicher aus wie eine Verrückte. Der Spiegel über dem Schreibtisch hing zu hoch, und selbst nachdem sie das Kissen doppelt zusammengelegt hatte und sich, ohne Rücksicht auf die hämmernden Schmerzen in ihrem Kopf, aufrichtete,

konnte sie im Spiegel nur das Kopfende des Bettes sehen. Aber die Fotografien auf dem Schreibtisch kamen jetzt in ihr Blickfeld, lauter Gesichter, und eine geisterhafte Sekunde lang hatte sie den Eindruck, von Menschen umringt zu sein.
Ein Bild zeigte Julie, eine jüngere, hübschere Julie, die ohne Bitterkeit über ihre Schulter zurücklächelte. Ein anderes zeigte Lydia, sachlich und mager. Ein dunkles Profil von Henry, der gelangweilt und hochmütig vor sich hinstarrte. Und Mrs. Oliver selbst, die fast ein bißchen unheimlich aussah, weil der Fotograf alle die gemütlichen Falten von ihrem Gesicht wegretuschiert hatte, so daß es aussah wie ein rundes, glattes Ei. Auch eine Amateuraufnahme von Miss Mayberry war da, in den Spiegelrahmen gesteckt, mit einem weißen Fleck vor den Füßen, der sicher Putzi war.
Wer von ihnen, die alle angeblich schlafen gegangen waren, hatte den metallenen Kleiderbügel im kleinen Gang an der Hintertür zu Boden klappern hören? Wer hatte sich alles zusammengereimt: Bügel, Regenmantel, gefährliches Wissen und Wiedererkennen? Wer von ihnen hatte sie mit so gespenstischer Konzentration im Dunkel verfolgt, um ihr – plötzlich erinnerte sie sich an das Flüstern – »den Hals zu brechen«?
Die Bilder auf dem Schreibtisch begannen zu schwanken. Caroline streckte eine zitternde Hand nach dem Wasserglas aus. Das Wasser rann kühl durch ihre trockene Kehle, und das Zimmer hörte auf zu schwanken. Sie hatte die Hälfte getrunken, als sie plötzlich gelähmt innehielt. Die Hand, mit der sie das Glas wieder hinstellte, zitterte stärker als zuvor.
Wie, wenn die Tablette völlig harmlos, dafür aber das Wasser vergiftet war? Hatte es nicht einen schwach metallischen Geschmack gehabt? O Gott . . .
Sie redete sich zu, es sei Hysterie, aber ihre Magennerven ließen nicht mit sich reden. Sie begann, würgend in das neben ihr liegende Handtuch zu husten. Sofort ging die Tür auf.
»Haben Sie sich mit der Pille verschluckt?« sagte Miss Mayberry und kam auf das Bett zu. Wenn sie aber zu nahe kam, würde sie sehen, daß die Tablette immer noch dort lag und daß Caroline der Angstschweiß auf der Stirne stand.
»Nein«, stieß Caroline hervor. »Es ist schon vorüber.« Sie nahm das Tuch vom Gesicht und blickte unwillkürlich nach dem Nachttisch. Ihre Vorsicht war ganz unnötig. Die kleine weiße Tablette war verschwunden . . .

Eine Weile sah es so aus, als würden sie sie nicht mit dem Arzt allein lassen. Miss Mayberry blieb mit beruflicher Kompetenz am Bett stehen, während der Arzt Caroline untersuchte und Gehirnerschütterung feststellte. Am Fuße des Bettes stand mit besorgtem Gesicht Mrs. Oliver. Jemand – Henry oder Julie? – ging mit nervösen Schritten vor der halboffen stehenden Tür im Gang auf und ab. Das Zimmer leerte sich erst, als Caroline sagte: »Doktor, da Sie schon da sind, möchte ich Sie noch etwas fragen.«
Dr. Evinwall war ein kleiner glatzköpfiger Mann, der aus Rauch und Asche zu bestehen schien. Er ging nicht, er wehte dahin, und er sah so traurig aus, als ob er am liebsten gar nicht vorhanden wäre. Als Caroline sagte: »Doktor, Sie müssen mir helfen, sofort aus diesem Hause wegzukommen. Sie müssen mich mitnehmen«, sah er sie voller Entsetzen an.
»Ich kann es Ihnen jetzt nicht erklären«, flüsterte Caroline und richtete sich auf. »Ich bin nicht in einen Baum gerannt. Jemand hat mich absichtlich gestoßen – jemand, der in diesem Hause wohnt.« Sie hörte, wie ihre Stimme zitterte. Sie riß sich zusammen. Ihr Leben hing von diesem vertrockneten Männchen ab. Sie mußte vernünftig reden. »Sie brauchen es mir nicht zu glauben. Aber Sie müssen mich hier wegnehmen. In eine Klinik – irgendwohin, nur weg von hier . . .«
Es ist, als rede man auf ein Gespenst ein, dachte sie voller Verzweiflung, oder auf einen Nebelstreifen, der zufällig menschliche Gestalt angenommen hat. Vielleicht würde er jetzt gleich verwehen. Er tat es aber nicht. Er sah sie mit überirdischer Geduld und Freundlichkeit an und sagte: »Ja, Sie haben ganz recht. Aber legen Sie sich jetzt schön ruhig hin.«
Caroline starrte ihn in wilder Panik an. Aber dann begriff sie. Sie hatten natürlich mit ihm gesprochen, hatten ihn vorbereitet auf ihr Gerede und ihre Phantasien von Totschlagsversuchen und Gefahr. Darum sah er aus, als sei ihm alles, was sie sagte, nichts Neues. Es hatte keinen Sinn, daß sie sich jetzt gehen ließ und schrie, obwohl er auf die Uhr schaute und sein Köfferchen zuschnappte. Sie sagte mit heiserem Flüstern, das tönte wie ein Schrei: »Oh! Warten Sie! Was sie Ihnen auch gesagt haben mögen, ich phantasiere nicht, das wissen Sie doch.«
Der Arzt wandte ihr sein geduldiges Gesicht zu und sagte mit unerwarteter Schärfe: »Ich weiß nur, daß Sie in einem sehr schlechten Nervenzustand sind, daß Sie eben einen gehörigen Schlag auf den Kopf bekommen haben und daß Sie für eine Weile ganz stilliegen

müssen. Ich komme am Vormittag nochmals vorbei, und . . . Miss Emmett . . . lassen Sie sich bitte nicht so gehen . . .«
Caroline hatte ihre nackten Beine aus dem Bette geschwungen. Als sie den Ton, der nun in seiner Stimme mitschwang, erforschte und begriff, daß er drauf und dran war, jemand von den Olivers hereinzurufen, wurde sie ganz still. »Sie wollen mich also nicht mitnehmen?« fragte sie leise.
»Wenn Sie vernünftig sind, werden Sie bald wieder gesund sein«, sagte der Arzt ausweichend und begann langsam auf die Tür zuzugehen. Caroline sah ihm mit verkrampften Händen nach. Als er den Türknopf ergriff, sagte sie plötzlich: »Doktor, haben Sie verordnet, daß ich etwas einnehmen solle, bevor Sie kommen? Eine Tablette?«
»Ich glaube, ja.«
»Wie sollte sie aussehen?«
Jetzt hielt er sie bestimmt für verrückt, aber es kam ja nicht mehr darauf an.
»Ich wußte natürlich nicht, was hier im Haus zur Hand sein würde«, sagte Dr. Evinwall geduldig. »Es konnte also eine rote Pille sein oder eine weiße Tablette, beides wäre in Ordnung.«
Wenn aber die weiße Tablette in Ordnung war, warum hatte man sie dann wieder weggenommen? Sie kam aus Miss Mayberrys Tasche, und Julie hatte diese hereingebracht. Nachdem sie sich geweigert hatte, die Tablette zu nehmen, hatte ein geschäftiges Treiben um ihr Bett geherrscht. Man hatte Fenster geschlossen und die Leintücher festgestopft – es war in all der Geschäftigkeit sehr leicht gewesen, die Tablette unbemerkt vom Nachttisch verschwinden zu lassen.
Caroline lag ganz still und fühlte, wie ihrem Haaransatz entlang sich kalte Schweißtropfen bildeten. Sie hatte einen katastrophalen Fehler gemacht.
Der Arzt war am Weggehen. Sie hörte draußen noch seine Stimme, abgerissene Sätze: » . . . Zustand höchster Überreiztheit . . . ich bin nicht dafür, daß sie jetzt . . .«
»Natürlich nicht, Doktor, wir werden sie unter keinen Umständen allein lassen, jedenfalls nicht für längere Zeit.«
Das war Mrs. Olivers Stimme.
Die Haustür fiel ins Schloß. Ein Gemurmel entstand und entfernte sich in Richtung der Küche. Es schienen sich alle dorthin zu begeben. Ein Schweißtropfen rann Caroline in die Augenbrauen. Sie atmete auf. Vielleicht hatte sie eine Atempause gewonnen. Die Tür zum Schlafzimmer öffnete sich leise.

16

Nachdem Carmichael während zwanzig Minuten erfolglos in den Vororten von Weymouth herumgefahren war, suchte und fand er schließlich die Adresse im Telefonbuch. Eine Weile irrte er durch eine Gegend, die ihm ungewöhnlich reich schien an lebhaft bellenden kleinen Hunden und ebenso lebhaft krähenden, großen Hähnen, und er suchte zweimal die Straße ab, bevor er die ländlich an einen Baum genagelte, halbverborgene Tafel fand.
Chartwell Road.
So kam er schließlich zum Hause Nummer einunddreißig. Hier gab es weder Hähne noch Hühner. Und wenn Hunde vorhanden waren, so schliefen sie offenbar in komfortablen Körben und träumten vom nächsten Ausstellungspreis. Die Chartwell Road lag unter einem Tunnel schattiger Bäume. Spärliche Straßenlaternen erhellten schöne Gartenpforten, schmiedeeiserne Tore, kunstvoll geschnittene Hecken. Selbst die Schatten wirkten gebürstet und gepflegt, ganz im Gegensatz zu den schwarzen undurchdringlichen Fetzen, die Carmichaels Scheinwerfer vorher durchpflügt hatten. Sogar in diesen frühen Morgenstunden war Chartwell ganz entschieden ein besseres Viertel.
Interessant, dachte Carmichael. Hatte er am Telefon zuviel gesagt? Oder am Ende zu wenig? Das war die Frage.
Offenbar gerade das Richtige, denn hinter der nächsten Kurve brannte eine helle Haustürlampe und beschien eine rötliche, mit Efeu bewachsene Backsteinmauer und einen eleganten, halbmondförmigen Rasenplatz. Im Lichte seiner Scheinwerfer konnte er jetzt auch die Nummer lesen: einunddreißig.
Dr. Abercrombie, früher Chefarzt von *Traverton House,* schien es finanziell recht gut zu gehen.
Carmichael schloß leise die Wagentür und ging den von Espen umsäumten Gartenweg hinauf. Er war noch über einen Meter von der Haustür entfernt, als diese sich öffnete. Ein Mann trat ins Licht, ein kleiner, rundlicher Fünfziger mit rosigem Gesicht und rosiger, von weißem Haar umkränzter Glatze. Die Taschen seiner alten, aber erstklassig geschnittenen Tweedjacke standen weit ab. Er sah genau aus, wie man sich einen etwas knurrigen, aber tüchtigen schottischen Landarzt vorstellt, und Carmichael mißtraute ihm auf den ersten Blick, aus keinem vernünftigeren Grund, nur weil er aussah wie ein Schauspieler, der einen etwas knurrigen, aber tüchtigen schottischen Landarzt ausgezeichnet darstellt.

Abercrombie sagte mit begreiflicher Kühle: »Treten Sie ein, Mr. Carmichael. Trotz Ihres merkwürdigen Anliegens sehe ich keinen Grund, weshalb wir den ganzen Haushalt wecken sollten.«
»Sehr liebenswürdig«, murmelte Carmichael und verbeugte sich ein bißchen wie ein Journalist auf einem Ärztekongreß. Abercrombie ging durch die halbdunkle, auf Hochglanz polierte Halle voran in ein weißgetäfeltes Studierzimmer, dessen Bücherschränke und Registraturen fleißigen Gebrauch verrieten. Ein tiefer Ledersessel stand neben einem schönen Schreibtisch. Alles wirkte echt und ehrbar, das komfortable Heim eines fleißigen Mannes.
Aber wenn wirklich alles in bester Ordnung wäre, dachte Carmichael, so hätte mich der alte Knabe bestimmt nicht um halb vier Uhr morgens empfangen. Irgend etwas scheint ihm nicht ganz geheuer.
Abercrombie eröffnete das Gespräch: »Was ist denn das für eine Sache auf Leben und Tod, die Sie hierherführt, Mr. Carmichael?«
Das Chartwell-Viertel würde sicher nichts zu tun haben wollen mit einer Frau, die am Rande eines verlassenen Steinbruchs totgeschlagen worden war. »Ich habe Sie da vielleicht ein klein wenig irregeführt, Doktor«, sagte Carmichael mit jungenhafter Offenheit. »Es handelt sich darum – und auch die Polizei vermutet es –, daß eine Ihrer früheren Krankenschwestern in eine mißliche Lage geraten ist. Und es scheint immerhin möglich, daß sie sich mit Ihnen in Verbindung gesetzt hat. Jede Auskunft wäre für uns wertvoll.«
»Krankenschwester?« Abercrombies buschige Augenbrauen hoben sich. »Ich habe keine.«
»Ich meine, in *Traverton House*«, sagte Carmichael.
»Rauchen Sie?« Abercrombie öffnete den Deckel einer silbernen Zigarettendose und zündete sich, nachdem Carmichael verneinend den Kopf geschüttelt hatte, umständlich eine an. »Da hätte ich Ihnen die Herfahrt und mir selber das Aufstehen zu dieser Stunde ersparen können. Ich weiß von nichts und habe keine Mitteilung bekommen. Wenn das alles ist . . .«
»Nicht ganz«, sagte Carmichael. »Das Verschwinden der bewußten Schwester hängt nämlich zusammen mit einem Artikel, den ich einer Agentur bereits so gut wie verkauft habe – ein Artikel über *Traverton House*. Jede Auskunft, die ich über die Schwester erlangen kann, würde der Sache bedeutend mehr Farbe geben, besonders wenn ich sie vom Stapel lassen kann, solange sie noch nicht restlos aufgeklärt ist.«
Der rosige weißhaarige Mann am Schreibtisch reagierte keineswegs

wie ein vielbeschäftigter Arzt, den man mitten in der Nacht aufweckt, um ihm solch eine faustdicke Lüge zu erzählen. Er warf den Kopf zurück, runzelte wieder die buschigen Brauen und sagte: »Ein Artikel? Über *Traverton House*?« Er schien höflich erstaunt, mehr nicht. »Ich fürchte, da haben Sie kein besonders interessantes Thema gefunden. Sie wissen doch, daß die Klinik seit drei Jahren geschlossen ist? Und obgleich ich glaube, sagen zu dürfen, daß wir dort gute Arbeit geleistet haben, so war es doch eine Klinik wie hundert andere. Es ist ja sehr schmeichelhaft, daß Sie darüber schreiben wollen – aber ich sehe tatsächlich nicht ein, warum.«
Trotz der logischen Überlegung, die ihn hergeführt hatte, wurde Carmichael für einen Augenblick unsicher. Waren am Ende doch seine Folgerungen falsch, suchte er hier nach etwas, was gar nicht da war? Es gab nur einen Weg, das herauszufinden.
Er sagte: »Aber nein, Doktor. *Traverton House* war nicht eine Klinik wie hundert andere. Miss White, die Krankenschwester, von der ich Ihnen sprach, hat mir äußerst interessantes Material darüber geliefert.«
Er konnte an den Rauchwolken, die Abercrombie ausstieß, fast die Sekunden des folgenden Schweigens abzählen. Die gepflegte Hand des Arztes, die so lässig auf der Schreibtischplatte ruhte, zitterte leicht. Er fragt sich, ob er mir glauben kann, dachte Carmichael. Er möchte wissen, wieviel sie gesagt hat.
»Ich verstehe wirklich nicht, was Sie meinen«, sagte Abercrombie und sah seinen Besucher fest an. »Und zu dieser Nachtzeit. Sie entschuldigen mich jetzt vielleicht.« Damit erhob er sich.
»Sie verstehen nicht, was ich meine? Sie waren doch Chef jener Klinik.« Carmichaels Nerven spannten sich. Was zum Teufel sollte das bedeuten? »Doktor, ich bin nicht der Onkel vom Land, der die Rechnungen bezahlt. Ich weiß genau, wovon ich rede.«
Er hatte seinen Pfeil verschossen – und jetzt wußte er auch, warum er dem kleinen ruhigen Mann mißtraut hatte: Es waren die Augen; zynisch, allwissend, geschäftstüchtig blickten sie aus dem offenen Gesicht. Abercrombie spielte seine Biedermannrolle glänzend – bis man näher hinsah –, denn aus irgendeinem Grunde erwartet man immer, Durchtriebenheit in Verbindung mit glattem Auftreten und tadelloser Kleidung zu treffen. Es war besonders widerlich, sie in eine alte Tweedjacke gekleidet zu sehen.
»Es war nichts Illegales an der Sache«, sagte schließlich Abercrombie mit ausweichendem Blick. »Absolut nichts. Wenn Sie so etwas vermutet haben sollten, dann . . .«

»Sind Sie ganz sicher?« fragte Carmichael und hätte viel darum gegeben, wenn er selber gewußt hätte, wovon er eigentlich redete.
»In jeder Stadt«, sagte jetzt Abercrombie, »gibt es Heimstätten für Mädchen, die in – sagen wir – Schwierigkeiten geraten sind. Wie, wenn wir strengste Diskretion boten, in einem besonderen Flügel des Hauses, und den größtmöglichen Komfort, und . . .?«
»Und natürlich keine Namen . . .« sagte Carmichael.
»Selbstverständlich keine Namen . . .« Abercrombies Augen wurden plötzlich nachdenklich, als wisse er, daß er sich unnötig verraten hatte. »Aber ich rate Ihnen sehr, die Finger davon zu lassen, junger Mann. Eine ganze Anzahl Leute haben das größte Interesse daran, daß *Traverton House* nicht mehr erwähnt wird, und zwar Leute, Mr. Carmichael, die durch einenDruck auf einen Knopf Sie und Ihre Zeitung in der Versenkung verschwinden lassen könnten. Sie würden staunen, wenn ich Ihnen die Namen einiger unserer früheren – Patienten nennen würde.«
Und wer, dachte Carmichael, hat Ihnen diese schöne Villa gekauft, Doktor? Dann sagte er, ohne auf die Drohung zu antworten: »Sie hatten entschieden Erfolg mit Ihrer Diskretion. Wie haben denn diese Gesellschaftsstars einfach so für eine Weile aus dem Leben verschwinden können, ohne daß man es bemerkte?«
Abercrombie machte eine wegwerfende Handbewegung. Sein direkter Angriff auf Carmichael hatte ihm offenbar sein Vertrauen zurückgegeben. »Die Eltern von Miss X. beschließen, sie für sechs Monate nach Europa zu schicken. Vorher gibt es Abschiedspartys, und Miss X'. Freunde begleiten sie ans Flugzeug nach New York. Miss X. aber kommt unauffällig zurück nach *Traverton House,* wohin ihr Gepäck bereits geschickt worden ist.«
Miss Ellen Coates, die soeben von einem sechsmonatigen Aufenthalt in Europa zurückkehrt . . . Miss Ellen Coates, die Mrs. James Hamilton Trent geworden war und die Mann und Töchterchen weggeschickt hatte, um sich zu erschießen . . .
Carmichael fragte: »Und was geschah mit den Kindern?«
Er sah zu, wie die kurzfingrige, tüchtige Hand die Zigarette im Aschenbecher ausdrückte und weiter kleine, sinnlose Kreise beschrieb mit dem längst erloschenen Stummel. »Sie fanden Adoptiveltern, auf dem gewöhnlichen Wege«, sagte Abercrombie beherrscht.
Nein, dachte Carmichael. Ziemlich sicher nicht. Illegale Operationen? Oder Schwarzhandel mit Babies? Vom letzteren war in letzter Zeit viel die Rede gewesen. Vielleicht war auch da und dort, nach-

dem eine gewisse Zeit verstrichen war, die »Adoption« von der Mutter selber vorgenommen worden? Abercrombie bestritt, je von Ellen Coates gehört zu haben, aber sobald Carmichael ihren Namen erwähnt hatte, wurde er sofort wieder mißtrauisch. Da muß das verbindende Glied liegen, dachte Carmichael. Laura White, deren Beruf schon an sich Sicherheit und Vertrauen bedeutete, hatte auf irgendeine Weise die Zündschnur in Brand gesetzt, die zum Wissen führte, und Ellen Trent war lieber gestorben, als daß sie sich durch dieses Wissen ihr Leben elend verderben ließ. Wie war es wohl der Schwester gelungen, trotz der strengen Geheimhaltung die Namen gewisser Patienten zu erfahren? Darüber dachte Carmichael nach, als er das Haus in der Chartwell Road verließ. Drei Jahre lang hatte *Traverton House* das fast Unmögliche möglich gemacht: es hatte illegitime Geburten geheimgehalten, in einem speziellen Flügel eines vornehmen, alten Patrizierhauses . . . Und trotzdem . . .

». . . Sie und Ihre Zeitung . . .« Abercrombies plumpe Drohungen tönten immer noch in Carmichaels Ohr, während er das Hühner- und Hundeviertel durchfuhr. Wer weiß, ob der Arzt nicht am Ende doch recht hatte, vielleicht war es wirklich so wunderbar einfach, jemanden zu versenken? Irgend jemand las doch sicher die Gesellschaftsrubriken der großen New Yorker Zeitungen, sonst würden sie ja nicht jede Woche wieder erscheinen, mit Berichten über Einladungen und Bälle, Klubs und Debüts junger Mädchen in der Gesellschaft. Warum sollte eine Frau, die am Abend die Uniform mit einem raschelnden Seidennegligé vertauschte, nicht in der freien Zeit die Gesellschaftsrubriken studieren und sehnsuchtsvoll anderer Leute Leben leben, indes sie die Bilder dieser Leute aus der großen Welt betrachtete? Und warum sollte sie nicht eines Tages eines dieser Gesichter auf dem Kopfkissen eines Krankenhausbettes gesehen und daraus ihre Schlüsse gezogen haben?

Carmichael, der eine journalistische Neigung zum Ausschmücken hatte, sah Laura White daliegen und Pralinen essen, während sie Zeitungen las. Ihre Entdeckung brachte sie sicher fast zum Platzen. Und doch hatte *Traverton House* seine Pforten in aller Stille geschlossen, von keinem Hauch des Skandals berührt – selbst in einem so kleinen Ort. Und Laura White war nach Bridgeport gezogen, und es hatte drei Jahre gedauert, bis Ellen Trent bedroht wurde. Also mußte es irgendwo ein Sicherheitsventil gegeben haben. Es war auch möglich, daß eine Frau, die ein Geheimnis kannte, das sie niemandem verraten wollte, dieses niederschrieb als Zeitvertreib in einem eintönigen Leben.

Was konnte man außer Büchern in einem Büchergestell aufbewahren? Diese Frage, die ihm seit Amby Littauers Anruf im Kopfe herumgegangen war, trat jetzt in den Vordergrund. Bis jetzt hatte er an Briefe gedacht oder Fotos oder bezahlte Schecks; daß es einfach ein Buch sein könnte, war ihm nicht eingefallen. Ein ganz bestimmtes, leicht herauszufindendes Buch, ein Tagebuch, dem Laura White alle die Geheimnisse anvertraut hatte, die sie als Krankenschwester niemandem erzählen durfte?

Der Einbruch in ihr Zimmer hatte jedenfalls einen ganz besonderen Gegenstand zum Ziele gehabt. Der Entschluß, nach Wicklow zu fahren, war ohne Zweifel spontan zustande gekommen, als hätte Laura White beim Lesen der Nachricht von Mrs. Trents Selbstmord sofort nach ihrem Tagebuch gesucht, das das Geheimnis der jungen Frau barg – um dann festzustellen, daß dieses Tagebuch verschwunden war. Und, entsetzt über das Unglück, das sie da ohne ihr Dazutun angerichtet hatte, war sie sofort aufgebrochen, um das Buch zurückzuholen.

Statt dessen hatte man ihr den Schädel eingeschlagen. Warum? Aus Angst, daß sie eine Klage wegen Erpressung einreichen würde? Oder aus Geldgier, weil der Dieb des Tagebuches die Goldmine, die er in Händen hielt, nicht aufgeben wollte?

Carmichael mußte sich wieder einmal in Erinnerung rufen, daß seine Folgerungen jeder soliden Basis entbehrten, daß Laura White vielleicht ganz anders gewesen war, als er sie sich vorstellte, und daß ein Tagebuch vielleicht gar nie existiert hatte.

Der diskrete Privatflügel von *Traverton House,* der Zeitungsausschnitt in der Tasche des rosaseidenen Schlafrockes und die Durchsuchung von Laura Whites Zimmer waren möglicherweise ganz vereinzelte und voneinander unabhängige Tatsachen, die er mit Gewalt in Zusammenhang zu bringen versuchte. Anderseits war Laura White dagewesen, solid und unbestreitbar, mit ihren Sportschuhen. Carmichael wog Instinkt und Logik gegeneinander ab, und dabei fiel ihm ein Komplex von andern Zusammenhängen ein, die ihm eiskalte Schauer über den Rücken sandten. Er war jetzt in Wicklow angekommen. Sein Wagen nahm die scharfe Kurve vor dem Polizeirevier so rasch, daß die Reifen sehr vernehmlich durch die nächtliche Stille quietschten.

Die Schlafzimmertür öffnete sich lautlos. Es konnte also nicht dieselbe sein, die Caroline gehört hatte, während sie, besessen vom Wunsch zu fliehen, im blauen Wohnzimmer nach ihren Schuhen gesucht hatte. Jene Tür hatte geknarrt. Oder war es doch dieselbe, und wurde sie gerade wegen des drohenden Knarrens besonders behutsam aufgemacht? Ihr Herz begann langsam und dröhnend zu hämmern. Sie konnte es im Liegen sogar schlagen hören.

»Caroline?« sagte leise fragend Mrs. Oliver, die auf Zehenspitzen hereingekommen war. »Ich wollte bloß sehen, wie es Ihnen geht und ob Sie irgend etwas brauchen.«

Sie stand, leicht vorgebeugt, am Fußende des Bettes. Die Lampe hinter ihr warf einen mächtigen, formlosen Schatten auf die Bettdecke, einen Schatten, der in keinem Verhältnis zu Mrs. Olivers kleiner, rundlicher Figur stand. Caroline, die sich beim Anblick des ernsten, runden Eulengesichts zuerst entspannt hatte, fühlte ihre zuckende Angst zurückkehren. Sie sah starr auf Mrs. Olivers Hände und sagte mit erzwungener Ruhe: »Nein, danke, ich brauche wirklich nichts. Ich bin furchtbar müde.«

»Müde?« wiederholte Mrs. Oliver zufrieden. »Dann ist es vielleicht besser, wenn ich das Licht lösche?«

»Nein!« Die Antwort kam zu rasch; aber der bloße Gedanke, im Dunkeln zu liegen, war für Caroline unerträglich.

»Ganz, wie Sie wollen«, sagte Mrs. Oliver kühl. »Nur – hören Sie, Caroline, Sie müssen mir unbedingt versprechen, daß Sie nicht versuchen, aufzustehen und herumzugehen. Ich habe es dem Arzt versprechen müssen, und ich würde es mir nie verzeihen, wenn Sie unvorsichtig wären und – was ja schließlich sehr leicht möglich wäre – nochmals fallen sollten.« Sie war jetzt an der Tür angekommen, aber sie sah noch einmal besorgt zurück: »Also seien Sie bitte vorsichtig, Caroline, nicht wahr?«

Sie durfte jetzt den Kopf nicht verlieren. Sie mußte versuchen, ruhig zu überlegen – wie noch ein anderer in diesem Hause jetzt überlegen und planen mußte, um seiner Sache sicher zu sein . . . Ein heftiger, stechender Schmerz durchzuckte Carolines Kopf, als sie sich aufrichtete.

Sie versuchte angestrengt, ihre Muskeln zu beherrschen. Ein mächtiger Instinkt trieb sie dazu, keinen Augenblick länger zu warten, aus dem Bett zu springen, die Tür aufzureißen und blind fortzurennen, gleichgültig wohin, im Vertrauen darauf, daß die Panik ihr die fehlenden Körperkräfte ersetzen würde. Nur nicht länger wehrlos und unbeweglich hier liegen . . . Aber sie war doch vorhin schon blind und planlos davongerannt. Der Instinkt warnte sie, diese allerletzte Chance in kopfloser Angst aufs Spiel zu setzen.

Also: langsam und überlegt vorgehen. Es gab drei Türen: die eine,

die Mrs. Oliver eben hinter sich geschlossen hatte, und je eine am oberen und unteren Ende des Bettes. Die eine war vielleicht ein Wandschrank, wahrscheinlich die innere. Aber wohin führte die andere?
Sie verlor etwas Zeit mit den Fenstern. Zwei davon hatten Vorfenster, das dritte ein feines Drahtgitter, dessen Schrauben so eingerostet waren, daß sie annehmen mußte, es bleibe Sommer und Winter an Ort und Stelle. Also kam nur die eine Tür in Frage. Wohin führte sie wohl? Vielleicht geradewegs in eine Falle? Wenn doch nur ein einziger Mensch im Hause wäre, auf den sie sich verlassen konnte! Aber da war doch jemand. Da war Lydia!
Lydia! Caroline war zumute wie einem Erstickenden, dessen Lungen sich plötzlich mit kühler, frischer Luft füllen. Aber sie durfte deswegen die Vorsicht nicht außer acht lassen. Im Nebenzimmer wurde gesprochen. Sie schloß sofort die Augen und lag flach und unbeweglich da, bemüht, keine Spur von Erregung zu zeigen. Wenn das doch nur Lydia wäre! Aber es war nicht Lydia.
»Schlafen Sie?« fragte Miss Mayberry. »Nein? Um so besser. Ich habe hier noch etwas für Sie, das der Arzt verordnet hat.«
Ich will nicht! Ich will nicht, dachte Caroline. Ich will nichts einnehmen in diesem Hause. Sie kann mich schließlich nicht zwingen. Aber Krankenschwestern kannten alle möglichen Tricks, um mit hysterischen oder halbbetäubten Patienten fertig zu werden. In plötzlichem Entsetzen vor den langen, kräftigen Händen der Schwester riß Caroline die Augen weit auf. Miss Mayberry kam um das Bett herum und trat an das Kopfende. Sie hielt irgend etwas in der Hand, das Caroline nicht sehen konnte.
»Eis«, sagte sie jetzt sachlich, indem sie einen kleinen Gummibeutel vorwies. Ihr Gesicht zeigte einen ironisch belustigten Ausdruck, als habe sie Carolines Gedanken erraten. »Warum denken die Leute bei unserm Anblick immer an scheußlichschmeckende Mittel oder an Injektionsnadeln?« Sie legte sorgfältig den Beutel auf Carolines Stirn und bettete dann die schlaffe Hand der Patientin darauf, zum Festhalten. »Sie wissen vielleicht gar nicht, daß Sie eine gehörige Beule haben. Aber unter dem Eisbeutel wird sie sich rasch wieder glätten.«
Lydia . . . Wenn sie nur einen Vorwand hätte, um Lydia kommen zu lassen. Caroline schloß wieder die Augen. Miss Mayberrys Blick war dem ihren eben begegnet, glänzend, schlau – und kalt. Der Beutel auf ihrer Stirn wirkte, nach dem ersten, eisigen Schock, wohltuend. Wenn doch Miss Mayberry endlich gehen wollte! Caro-

line lag ganz still. Ihr Atem ging leicht und regelmäßig. Das Licht der Lampe drang warm durch ihre geschlossenen Lider. Das, und die Kälte des Eisbeutels, wirkten abstumpfend und einschläfernd. Nach und nach wurde die künstliche Ruhe und Regelmäßigkeit ihrer Atemzüge echt und natürlich.

»... wenn Sie sicher sind, daß Sie mich nicht mehr brauchen?« sagte Miss Mayberry.

»... ob ich? Ja, ja, danke«, sagte Caroline. Sie hörte ihre eigene, angenehm schläfrige Stimme wie von ganz weit weg.

Die Tür zwischen dem Kopfende des Bettes und dem Fenster ging leise auf und dann wieder zu, und Miss Mayberry war draußen. Dann vernahm Caroline noch ein leises, scharrendes Geräusch: ein Riegel, der vorgeschoben wurde. Jetzt fiel ihr ein, daß er die Treppe nach der oberen Wohnung abriegelte – und zugleich Carolines einzigen Zugang zur Haustür. Daran war nichts mehr zu ändern. Sie mußte jetzt ganz offen und ohne Erklärung nach Lydia verlangen. Lydia mußte ihr helfen, so rasch als möglich ihre Kleider zu finden, und dann die andern unter irgendeinem Vorwand in der Küche versammeln, damit Caroline fliehen konnte. Lydia würde doch sicher ...

Ganz unvermittelt fielen Müdigkeit, Schock und Erschöpfung über Caroline her. Ihr war, als fülle sich das Zimmer mit feinem grauem Staub, der das Licht verdämmern ließ und sanft und schmerzlos Augen, Ohren und Gehirn durchdrang. Noch war sie sich der Gefahr bewußt, aber diese hatte ihren Stachel verloren, es war, als ginge alles Geschehene nicht mehr Caroline selber an, sondern jemand anders. Ich darf nicht einschlafen. Nur eine Minute ausruhen. Und dann ... Ihre Sinne begannen sich zu umnebeln. Als schließlich ihr Gehör das Öffnen der Tür vom Korridor her wahrnahm und sie spürte, daß das Licht abgeschirmt wurde, war sie fast gleichgültig. Ohne Überraschung und Schrecken blickte sie in das Gesicht, das sich über das ihre neigte.

17

»Caroline?« flüsterte Julie. Und dann nochmals, diesmal eindringlicher: »Caroline!«

Sie versteifte sich, als sie Julies Blick auf sich geheftet sah, genau, als habe sie von der regungslos daliegenden Gestalt etwas anderes erwartet. Auch ihr Gesichtsausdruck hatte gewechselt, während ihr

Kopf aus der geneigten Haltung ins dämmrige Licht auftauchte. Caroline lag mit ausgetrocknetem Munde da, unfähig zu sprechen. Der verspätete Schrecken kam über sie wie ein körperlicher Schmerz.
»Es ist doch alles in Ordnung, nicht wahr?«
Caroline zwang sich ein Nicken ab. Julies Blick glitt zum Wasserglas auf dem Nachttisch. Dann sagte sie: »Sie müssen sofort dieses Haus verlassen, jetzt gleich. Sie sind hier Ihres Lebens nicht sicher, weil . . .«
Sie brach ab und wandte lauschend ihr Gesicht zur Tür.
Aber ich habe doch gar nichts gehört, dachte Caroline und blickte mit fast unpersönlichem Interesse auf die magere, kleine Hand, die so nahe bei ihrer Schulter herunterhing. Eine stille, verkrampfte Hand, deren Finger den Daumen kindlich umschlossen. Unter ihrem Blick lösten sich die Finger. Julie wandte ihr wieder das Gesicht zu und sagte, als ob sie sich vorhin nicht unterbrochen hätte: » . . . weil Sie ja natürlich selber wissen, daß Sie vorher nicht hinausgerannt sind, um frische Luft zu schöpfen.«
Wieder fand Caroline keine Worte. Sie fühlte ihre Schultern sich versteifen gegen eine plötzliche und furchtbare Bewegung von oben, die jetzt kommen mußte. Dann bewegte sie behutsam die Beine, sah Julie an und wußte, daß sie sich geirrt hatte. Das kleine weiße Gesicht über ihr war so angsterfüllt wie ihr eigenes. Sie flüsterte: »Sie haben hier im Hause irgend etwas gesehen, nicht wahr, Caroline?«
»Ja.« Die Antwort war ihr nicht entrissen worden. Sie kam schmerzlos und sanft.
»Einen – einen Regenmantel?«
»Ja.«
»Und Sie sind ganz sicher, daß es – jener ist?«
»Ja. Es ist ein rechtwinkeliger Riß im Futter, wie ein auf dem Kopf stehendes L. Ich hatte vorher geglaubt, es sei ein Schatten.«
»Ja, ein Riß . . . Den hatte ich vollständig vergessen.« Sie sah nicht mehr Caroline an. Sie blickte auf ihre eigenen, ineinandergelegten weißen Hände. »Nun, Sie müssen auf jeden Fall sofort weg aus diesem Hause, bevor jemand herausfindet . . . Ich hole Ihre Kleider. Henrys Wagen ist wieder in Ordnung, und ich kann das erste, abschüssige Stück fahren, ohne den Motor anzulassen. Es gibt ein kleines Frühstückslokal in der Stadt, das schon um sechs Uhr aufmacht, dort kann ich Sie absetzen, Sie werden nicht mehr lange warten müssen. Aber im Moment«, ihr Blick hing an Carolines Au-

gen, »müssen wir dafür sorgen, daß niemand hereinkommt. Ich will lieber ...«

Sie trat vom Bett weg und zum Schreibtisch mit einer so hastigen Bewegung, daß Caroline zusammenfuhr, und gleich darauf lag das Zimmer in undurchdringlicher Finsternis. Die geblümten Wände, die Fenster und Teppiche waren wie weggewischt. Da war nur noch Nacht und Julies Flüstern, als Antwort auf Carolines Protest: »Sch-sch! Ihre Kleider sind im Badezimmer. Sie werden jetzt wohl trocken sein. Ich hole sie und bringe sie durch mein Zimmer und von außen herum durch Miss Mayberrys Haustür. Ich habe den Schlüssel. Ich bin gleich wieder da.«

Die sechste Tür, die sie auf ihrer lächerlichen nächtlichen Jagd nicht gefunden hatte! Sie führte also durch Julies Zimmer.

Die andere Tür, nach dem Gang zu, ging auf, und Julie schloß sie leise und bestimmt von außen zu. Caroline richtete sich mühsam auf und schlug die Decken zurück. Aber der Schmerz in ihrem Kopf stach so unerträglich, daß sie sich matt an das Kopfende des Bettes zurücklehnte.

Ihre Kleider – ihre Schuhe ... Wenn sie erst angezogen war, würde sie wohl wieder mehr Mut haben zu kämpfen. Es war doch merkwürdig und lächerlich, wie hilflos man sich vorkam mit nackten Füßen und bloß mit einem Unterrock bekleidet – selbst wo es sich um Leben und Tod handelte. Aber bald würde sie angezogen und geborgen in einem Wagen sitzen.

Und – wenn das Ganze eine Falle war? Eine geschickte und unerhört einfache Falle?

Unter ihren Füßen entstand plötzlich eine heftige Bewegung. Sie stieß einen halblauten Schreckensschrei aus. Dann aber schloß sie aus dem mechanisch klopfenden Geräusch, daß es sich um einen elektrischen Apparat handeln mußte, um den Brenner einer Ölheizung oder – nach den schweren Regenfällen – um eine Wasserpumpe. Kurioserweise schien das regelmäßige Dröhnen die Finsternis noch undurchdringlicher zu machen und Gott weiß was für Geräusche zu verdecken, nach denen sie gespannt gelauscht hatte. Dann war ihr, als höre sie Stimmen in dem geräuschvollen, dumpfen Brausen.

»Wenn Sie nochmals fallen – was ja schließlich leicht möglich wäre ...« Das war Mrs. Oliver, mit dem besorgten Blick über die Schulter hinweg.

Und Miss Mayberry: » ... wenn Sie mich wirklich nicht mehr brauchen ...«

Und Julie: »Sie sind hier Ihres Lebens nicht sicher ...« Und: »Henrys Wagen ist wieder in Ordnung ...«
Aber vorher hatte er ihn doch nicht in Ordnung bringen können. Er hatte es selber gesagt. Caroline hörte schwach und zitternd auf alle die Stimmen, die im Dunkel zu raunen schienen. Jetzt war ihre letzte Chance, die richtige unter ihnen herauszufinden, jetzt, solange sie noch allein im Zimmer war ...
Aber war sie wirklich allein im Zimmer?
War Julie überhaupt hinausgegangen?
Caroline setzte sich im Dunkel steif auf, im Dunkel, das sich jetzt ein ganz klein wenig zu lichten begonnen hatte. Sie redete sich zu, es sei niemand im Zimmer, und sie wußte plötzlich, gelähmt vor Schrecken, daß doch jemand da war. Es lag in der Luft, undefinierbar, aber spürbar, wie ein Blick, den man aus dem Verborgenen auf sich gerichtet fühlt. Hob sich jetzt nicht vom elektrischen Summen ein anderes, sehr schwaches Geräusch ab, das Rascheln von Stoff, von Kleidern, die in Bewegung waren?
Sie hatte zu lange gezögert. Und das leise Knarren des Bettes unter ihrer Bewegung und die sofort darauffolgende, lauschende Unbeweglichkeit hatten sie dem andern, der im Zimmer war, verraten. Caroline schrie, aber ihr Schrei ging unter in etwas Schwerem, Federweichem, das sich auf ihr Gesicht legte und sie flach auf das Bett zurückdrängte.
Ein Kissen. Ein Kissen, das das Leben in ihr erstickte – lautlos, mörderisch ...
Sie rang keuchend nach Atem und wandte das Gesicht zur Seite, aber das Kissen fand auch dort ihren Mund und drang ein zwischen die entsetzt geöffneten Lippen. Sie schlug wild mit den Beinen um sich und fühlte, wie die Nägel ihrer Hand sich in Fleisch eingruben, aber schon ergriffen eiserne Finger ihre Oberarme und preßten sie gegen die Matratze. Dann war nur noch stechender Schmerz in ihren Lungen, ein Stein in ihrer Kehle, ein ungeheures Schwellen in ihrem schmerzenden Kopf. Sie spürte, wie sie schwer und steif wurde.
Ein häßliches Zucken wie von farbigen Funken blitzte durch ihr betäubtes Gehirn. Der Druck der kräftigen, beharrlichen Hände über ihr ließ nicht nach.

»Ist das eine Nacht!« murrte Trunz gegen die Windschutzscheibe des Polizeiautos. »Der Chef hat Grippe, Morgan hat sich ebenfalls krank gemeldet, Spruzotti hat seine Frau ins Krankenhaus bringen

müssen – und wer bleibt wieder einmal allein in der Bude hocken? Natürlich ich.« Er bekam keine Antwort, was ihn erst recht ärgerte. »Und jetzt noch diese idiotische Fahrt ins Blaue«, setzte er laut hinzu. Aber irgend etwas an der nassen, endlosen Nacht oder am gespannten Ernst des neben ihm sitzenden Mannes trieb ihn doch dazu, den Fuß fester auf das Gaspedal zu stellen.
Carmichael hielt den Blick starr auf die Straße gerichtet. Er dachte: wenn Caroline Emmett etwas zugestoßen ist – aber er spann den Gedanken nicht weiter. Es nützte nichts, er würde ja doch nicht schneller bei ihr sein, keine Sekunde früher. Sekunde? Vielleicht kam es eben gerade auf eine Sekunde an . . .
Ahornstämme und ein Stück Ligusterhecke schossen vorbei. Weit weg, am Horizont der nassen Felder und Wälder, erschien langsam ein leichter silbergrauer Schein am Himmel. Es war nicht mehr stockfinster. Die Landschaft lag im stumpfen Dämmerlicht der letzten Stunde vor Tagesanbruch. Trunz schnitt rassig eine Kurve und erkundigte sich in vornehmem Ton: »Wünschen Sie vielleicht die Sirene?«
Zu seinem Erstaunen sagte Carmichael nach kurzer Überlegung: »Nein.«
Es ist, wie wenn man einem Kind ein geladenes Gewehr wegnehmen wollte, dachte er. Ein Zuruf, und das Gewehr geht los. Sie hatten es zwar nicht mit einem Kinde zu tun, aber sie mußten ruhig vorgehen, um nicht die Tat auszulösen, die Caroline Emmett zum Schweigen bringen sollte.
Dunkle Fassaden, wieder Felder, und schließlich die Lichter des Hauses Oliver. Carmichael zählte die Lichter, als Trunz den Motor abstellte, um geräuschlos vorzufahren. Die Schmalseite des Hauses war dunkel. Wahrscheinlich ein Schlafzimmer, dachte Carmichael. Wohnzimmer, Eßzimmer und Küche waren hell erleuchtet. Trotz diesem tröstlichen Anblick ließ die kalte Angst in ihm nicht nach, während er neben Trunz geräuschlos auf dem Rasen unter den Fliederbäumen auf die Küchentür zuging.
Lydia, in einen Bademantel gehüllt, öffnete blinzelnd die Tür. Sie hielt ein Glas Milch in der Hand. Die Küche sah, nach einer so anomalen Nacht, eigentlich sehr normal aus: gebrauchtes Geschirr, Kaffeetassen auf dem Tropfbrett, ein angebissenes Schinkenbrot auf dem Tisch und über allem das gelbliche Licht der Küchenlampe. Lydia selbst sah aus wie eine Schlafwandlerin. Als Carmichael sie fast beiläufig fragte: »Alles in Ordnung?« machte sie eine sichtliche Anstrengung, höflich zu antworten. »Mama ist irgendwo im Haus,

und Henry ist, glaube ich, in der Scheune. Miss Emmett ist endlich eingeschlafen. Julie kam eben aus ihrem Zimmer.«
Trunz schnaufte sehr laut, um seinem Triumph irgendwie Luft zu machen. Er machte einen Schritt, und das Knarren des Bodens war das einzige Geräusch in der Stille des Hauses. Carmichael sah über Lydias Schulter hinweg auf das Fenster. Trotz Lydias beruhigender Auskunft wollte die Spannung seiner Nerven nicht nachlassen, er wußte nicht, warum. Caroline Emmett konnte endlich schlafen, und es war mehr als verständlich, daß nach einer Nacht des Sitzens und Wartens und Bangens die Leute im Hause sich wieder um ihre eigenen Angelegenheiten kümmerten. Und doch – wie still es hier war . . .
Außer daß ihn plötzlich die Lust packte, die Tür aufzureißen und den schnaufenden Trunz hinauszulassen, wie man einen Hund hinausläßt, fühlte er sich genau so unbehaglich wie beim Herkommen – kalt, gespannt, besessen von der Angst, zu spät zu kommen.
»Ist Julie schon auf?« fragte er. Lydia rieb sich umständlich die Augen und sagte: »Ich glaube, sie wollte gerade unter die Dusche. Aber vielleicht ist ihr Mama zuvorgekommen . . . Ich gehe jetzt zurück ins Bett.«
»Sollten wir eigentlich auch«, sagte Trunz anzüglich und legte eine schwere Hand auf die Türklinke.
»Warten Sie!« Beim Anblick von Lydias schläfrigem Gesicht und Trunz' Anstalten zum Fortgehen kam ein warnendes Gefühl über Carmichael. Er wußte, daß es die Warnung des Abergläubischen war, die Angst, daß man sonst später vielleicht sagen müßte: »Wenn ich doch nur . . .« Aber er hatte es noch nie bereut, diesem Gefühl nachgegeben zu haben. Er gab ihm auch diesmal nach.
Er wollte nach Caroline sehen und dann bei ihr bleiben, wenn nötig vor ihrer Tür, bis die Leiche beim Steinbruch gefunden und ihre Zeugenaussage bestätigt war. Aber jetzt mußte er sie sehen, und zwar sofort. Er mußte sehen, wie sie sicher und friedlich schlafend unter ihrer Decke lag. Er hatte vergessen – einen kurzen, gefährlichen Augenblick lang vergessen, daß die Auskünfte, die man in diesem Hause erhielt – selbst von Lydia –, nicht unbedingt zuverlässig waren. Er ging an der fast schlafenden Lydia vorbei ins Eßzimmer und fragte mit der drängenden Ungeduld, die ihn plötzlich erfüllte: »Wo ist sie?«
»Wer? Ja so«, sagte Lydia verwirrt. »In Mutters Schlafzimmer. Geradeaus. Aber ich habe Ihnen doch gesagt, sie . . .«
Carmichael hörte gar nicht mehr zu. Er war schon im Eßzimmer. Ir-

gend jemand machte eine Tür auf und starrte ihn an, er wandte nicht einmal den Kopf, um zu sehen, wer es war. Seine Taschenlampe . . . Da war sie, in seiner Rocktasche. So konnte er sie sehen, ohne sie aufzuwecken, wenn er ganz leise zu der weißen Tür dort ging, den Knopf behutsam drehte und dann die Taschenlampe in die Türspalte schob . . .

Der Strahl der Lampe fiel auf das Kopfende des Bettes, auf ein merkwürdig hoch liegendes Kissen, auf einen angespannten Arm, der plötzlich zuklappte, wie ein Taschenmesser. Der Lichtstrahl tanzte, als Carmichael nach vorn stürzte, dem Bette zu. Das Kissen, das war das einzige, was er nun wußte. Seine Hand fand es zielsicher im Dunkel und riß es weg. Er fand keine Zeit für etwas anderes als für ein kurzes, wildes Stoßgebet, denn der Lichtstrahl zeigte die Tür neben dem Bett, die sich leise schloß.

Er sprang vor und riß sie auf. Seine Hand berührte wollene Kleider, die sich bewegten, und seine Finger legten sich um ein hartes Handgelenk, das sich wütend bewegte, um sich freizumachen. Er fühlte in diesem Augenblick weder Triumph noch Neugier, nur eine instinktive, kämpferische Wildheit in sich. Er ließ die Taschenlampe los, weil er beide Hände brauchte, und er erinnerte sich später noch lange Zeit an das kleine, runde Stück Teppich, das das Licht der liegenden Lampe am Boden aufleuchten ließ, an die untersten Stufen einer Treppe, an das mörderische Keuchen, das plötzlich verstummte, um einer unheimlichen Stille Platz zu machen.

18

Caroline hatte das Bewußtsein nicht gänzlich verloren und sie kehrte mit schwindligem Kopf von der äußersten Grenze zurück. Sie fühlte kalte Luft wie ein feuchtes Tuch auf ihrem Gesicht, und gleich darauf drangen die ersten, tiefen Atemzüge schmerzhaft schneidend in ihre Lungen. Das Zimmer war noch immer dunkel, und als sie jetzt keuchend hustete, schien die Finsternis rings um sie wie von einem Erdstoß erschüttert. Sie richtete sich auf den Ellbogen auf, nach Atem ringend, das Gesicht aufwärts gewendet wie unter einer Dusche.

Jetzt ging blendend hell das Licht an, eine Männerstimme rief irgend etwas Unverständliches, und eine massige, dunkle Gestalt lief an ihrem Bett vorüber; ein Polizist, der offenbar seine Pistole gezogen hatte, denn jetzt sagte Carmichaels Stimme: »Das können Sie wegtun, es ist nicht nötig.« Caroline lief es kalt über den Rücken. Die Stille war von halblautem Reden durchdrungen, von der andern Tür her – der zum Wohnzimmer –, ein erregtes Durcheinander, das plötzlich verstummte, als jemand in scharfem Ton sagte: »Warten Sie!«

Warten – worauf? Es regte sich etwas hinter ihr. Sie drehte mühsam den Kopf, immer noch keuchend, und blickte in das Gesicht, das die Finsternis und das mörderische Kissen ihr verborgen hatten, das Gesicht, das sich droben am Steinbruch über Laura White gebeugt hatte.

Sie starrte und starrte, und obgleich Carmichael bei ihr war, ging die Angst in großen Wellen durch ihr Herz und ihren Körper, als ob dieser abgründige, starr auf sie geheftete Blick ihr jetzt noch gefährlich werden könnte. Carmichael merkte es und stellte sich schützend neben sie.

Caroline sagte etwas, das ihr in diesem Augenblick selber absurd und unglaublich vorkam: »Sie . . . Sie haben also . . . Ihren eigenen Hund getötet.«

Eine Blutwelle stieg in das aschgraue Gesicht. Die Augen funkelten Caroline wütend an. »Ihretwegen! Ich mußte es tun.«

Eine Pause entstand – Regen und Finsternis, und ein kleiner weißer Hund mit braunen Flecken, der zusah, wie seine Herrin etwas schleppte. »Ich mußte es tun. Als ich zurückging, fing er an zu bellen«, sagte Ada Mayberry kurz. Und gleich darauf hatte sie sich wieder in der Gewalt, war kühl und sogar spöttisch und redete überhaupt nicht mehr . . .

Um zehn Minuten nach sieben, an diesem feuchten, silbergrauen Aprilmorgen, wurde zwischen einem großen Stein und dem Rand des Steinbruchs die Leiche einer älteren Frau mit kurzen grauen Locken gefunden. Sie war gut versteckt und mit einem Stück Zelttuch zugedeckt. Ohne Caroline Emmett wäre sie wohl sehr lange Zeit dort verborgen geblieben. Die Tote trug an einem Fuß einen schwarzen Sportschuh. Der andere Fuß war zerkratzt, und die Strümpfe hingen in Fetzen, ein deutlicher Beweis, daß die Leiche vom Tatort fortgeschleppt worden war. Die Schmutzspuren hatte der Regen abgewaschen.

Die Identifikation war noch im Gange, und Ada Mayberry wurde unter Mordanklage gestellt. Carmichael sagte Caroline und den entsetzten Olivers, die Polizei halte beide Enden der Beweiskette in

Händen und die fehlenden Glieder würden mit Leichtigkeit gefunden werden – vielleicht eine Angestellte oder ein Mitbewohner der Pension Laura Whites in Bridgeport, oder auch das Tagebuch selbst, das seine Schreiberin das Leben gekostet und eine andere Frau zum Selbstmord getrieben hatte, oder Spuren im obern Stock des Hauses Oliver, Spuren von Sand oder Erde, die Ada Mayberry von ihrem Gang zum Steinbruch mitgeschleppt hatte – vielleicht auch alles zusammen. Er hatte eine unheimliche halbe Stunde mit Ada Mayberry zugebracht, die sich weigerte, ein weiteres Wort zu reden. Sie mußte alle Kraft aufwenden, ihr Gesicht zu beherrschen, und es gelang ihr auch. Einzig die Augen verrieten ihre Angst, die sie anders nicht äußern durfte.

Carmichael sagte: »Crescent Place dreiundzwanzig ist eine Pension für Krankenschwestern, nicht wahr? Dort haben Sie Laura White kennengelernt, als Sie wegen einer Privatpflege nach Bridgeport gingen.«

Schweigen.

»Sie waren in Ihrer freien Zeit ziemlich viel mit ihr zusammen. Leute desselben Berufes haben immer genug Gesprächsstoff, und sie führte ohnehin ein ziemlich einsames Leben. Sie hielt es für selbstverständlich, daß Sie ihre Ansichten über Berufsethik teilten, und sie erzählte Ihnen schließlich von einer Privatklinik, wo sie gearbeitet, und von Dingen, die sich dort ereignet hatten. Sie sprach von einflußreichen Leuten, die mit dieser Klinik zu tun hatten, und erklärte, sie würde nie in Einzelheiten gehen, aber sie habe alles in ihrem Tagebuch aufgezeichnet.«

Schweigen, begleitet von einem verächtlichen Zucken der Augenbrauen.

»Nachher«, fuhr Carmichael fort, indem er ihr direkt in die Augen blickte, »nachher wurde sie von einem Bus überfahren und wurde aufgegeben. Da durfte doch eine Goldmine wie das erwähnte Tagebuch nicht verlorengehen, oder? Sie schlichen sich also in ihr Zimmer und nahmen es, und es erwies sich als sehr ertragreich. Ellen Trent zog es vor, sich umzubringen, als daß sie den Tag erleben mußte, da ihr Mann erfuhr, daß sie ein uneheliches Kind geboren hatte. Aber es gab ja noch andere Namen im Tagebuch, hinter denen viel Geld steckte, so daß Sie ruhig weiter erpressen konnten. Warum auch arbeiten, wenn man es aus andern Leuten herausschlagen kann?«

Schweigen – und ein versteinerter Blick.

»Aber Laura White blieb unbequemerweise am Leben. Sie war eine

närrische Person, aber sie hatte ein Gewissen, und als sie von Mrs. Trents Selbstmord erfuhr und entdeckte, daß ihr Tagebuch verschwunden war, kam sie hierher, um es zurückzufordern. Sie rief Sie an, sobald sie hier eintraf, und Sie waren bereit – zu allem. Zu schade, daß Ihnen Caroline Emmett in die Quere kommen mußte, nicht wahr?«
Noch immer blieb Ada Mayberry still; ihr ausdrucksloses Starren machte Carmichael nervös. Sein Ton wurde scharf.
»Wissen Sie, daß Sie gar nichts riskiert hätten? Wenn Sie nicht versucht hätten, das junge Mädchen umzubringen, könnten Sie jetzt meilenweit fort sein. Sie hätte nämlich keinesfalls als Zeugin gegen Sie auftreten können, weil ja keiner bezeugen kann, was er gar nie gesehen hat. Und sie hat Ihr Gesicht nie gesehen, sie wußte nicht einmal, ob es sich bei dem Mörder um einen Mann oder um eine Frau handelte.«
Die starren grauen Augen quollen aus den Höhlen. Carmichael erinnerte sich an Laura Whites zerschmetterten Kopf, an das Kissen, das diese Frau über Caroline Emmetts Mund und Nase gepreßt hatte, lange und geduldig auf den qualvollen Erstickungstod des Mädchens wartend. Er stand auf, müde und niedergeschlagen, und sagte: »Das einzige, was sie sah, war der Regenmantel – Henrys Regenmantel, nicht wahr? –, den Sie an Ort und Stelle zurückbrachten, bevor Sie um das Haus herum und in Ihre Wohnung hinaufgingen, um Ihren eigenen zu holen, damit Sie hinausgehen und, wie gewohnt, Ihren Hund hereinrufen konnten. Aber Miss Emmett hatte keine Ahnung, wer in diesem Regenmantel steckte.«

»Ich hatte wirklich keine Ahnung«, sagte später Caroline, immer noch bestürzt und verwirrt. Sie saß in Carmichaels Wagen. Sie hatte sich von den Olivers verabschiedet, wie in einem Traum, und hatte versprochen, von sich hören zu lassen. Die Räume, in denen sie zwölf Stunden lang eine Nacht des Grauens durchlebt hatte, schienen ihr jetzt so fremd und unpersönlich wie eine Bühnendekoration in einem leeren Theater.
»Ich wäre wahrscheinlich schon wegen des Hundes nie darauf gekommen. Sie muß ihn wirklich geliebt haben, sonst hätte sie doch nicht geweint und sich so . . .« Sie brach plötzlich ab und erkannte jetzt, daß der Ärger und die Aufregung der Frau ja die ganze Zeit ihr, Caroline, gegolten hatten.
»Geliebt?« sagte Carmichael ernst. »Dann möchte ich unter keinen Umständen von Miss Mayberry geliebt werden!«

»Wohl kaum«, sagte Caroline. Sie war vor lauter Nervosität gesprächig geworden. War das die Reaktion auf das Erlebte oder die Tatsache, daß sie allein war mit diesem Manne, der so viel für sie getan hatte, daß sie sich ihm näher fühlte als irgendeinem andern Menschen auf der Welt? Sie dachte an ihre Mutter, der die Ereignisse auf Jahre hinaus ein willkommenes Gesprächsthema liefern würden, an Richard Illing, der, von der neuen Distanz aus gesehen, zu einer kleinen und unbedeutenden Episode wurde. Und aus den Augenwinkeln sah sie Carmichaels Ärmel und seine starken, zuverlässigen Hände auf dem Lenkrad. »Hat eigentlich Julie . . .?« fragte sie.
»Ja, Julie hat sie im Verdacht gehabt. Sie hat vom ersten Augenblick an versucht, Sie aus dem Hause zu treiben, aber sie durfte nicht offen reden, weil sie selber vor Miss Mayberry Angst hatte – vor ihren Spritzen, vor dem, was sie sagen könnte.«
Caroline sah ihn an und wandte dann ihre Augen ab. Sie hatte von *Traverton House* gehört, aber da war etwas, das sie lieber nicht hören wollte. Carmichael war vorsichtig. »Julie und ihr Mann«, sagte er, »waren drauf und dran, die Scheidung einzureichen. Sie hatten seit einiger Zeit nicht mehr zusammengelebt. Als sie hörte, daß er nach Hause kam, um sich mit ihr auszusöhnen, ging sie sofort in die Klinik, ein paar Monate vor dem Termin. Laura White, die dort arbeitete, fand heraus, was hinter der Sache steckte. Die Olivers lebten damals noch in guten Verhältnissen, und Laura fand die Situation interessant genug, um sie in ihrem Tagebuch aufzuzeichnen. Und – vergessen Sie nicht, daß dies hier eine Kleinstadt ist. Übrigens hat Ihnen Julie wahrscheinlich das Leben gerettet.«
Bei einer Verkehrsampel mußten sie halten. Er streckte seine Hand aus, und Caroline sah dort eine kleine weiße Tablette liegen. »Ich habe sie doch nicht analysieren lassen«, sagte er und ließ sie auf der Handfläche auf und ab tanzen, »aber Julie hatte nun einmal Verdacht geschöpft und nahm sie deshalb vom Nachttisch. Wenn sie dies nicht getan hätte, so wären Sie wohl so betäubt gewesen, daß Sie unter dem Kissen kaum mehr Widerstand geleistet hätten. Nachher hätte sich dann wohl alles schön nach Ada Mayberrys Plänen abgespielt: ein zerzaustes Bett, das Kissen wieder ordentlich am richtigen Ort und Sie mit Ihrer Gehirnerschütterung hätten sich den Kopf angeschlagen, wären ohnmächtig geworden und in den Dekken erstickt.«
»Und ich wäre beinahe mit ihr in ihrem Wagen gefahren.« Caroline riß in der Erinnerung daran die Augen weit auf.
»Natürlich«, sagte Carmichael sachlich, »irgendein Werkzeug gibt

es ja in jedem Wagen. Und mit Autos schien sie sich sehr gut auszukennen, das sieht man an der Art und Weise, wie sie Henrys Wagen beschädigte, in der kurzen Zeit, da sie angeblich ihren Hund suchte. Auch hat sie sehr geschickt die Fiktion aufrechterhalten von einem Mörder, der das Haus belagert: jede drohende Handlung kam von *außen*.«

»Sie muß rasend gewesen sein, als Sie uns am Wegfahren hinderten.«

»Sie wurde ganz grau im Gesicht«, sagte Carmichael nachdenklich. »Sie glaubte sich offenbar von mir durchschaut, aber ich jagte ja immer noch hinter einem vermeintlichen Mann her. Erst, als ich begann, mir vorzustellen, wie unauffällig eine Krankenschwester wirken müßte, wenn sie das Zimmer einer andern Schwester – in einer Pension voller Krankenschwestern – aufsuchte, und wie nah das Haus der Olivers beim Steinbruch liegt, begann ich mir Sorgen zu machen über das, was da mit Ihnen zusammen im Hause eingesperrt sein könnte.«

»Und so verdanke ich also Ihnen . . .«, fing Caroline an. Aber dann schwieg sie errötend.

Carmichael sah sie von der Seite an und sagte wie nebenbei: »Und die Moral von der Geschichte ist: Gehen Sie abends nicht allein spazieren. Besonders nicht auf dem Land – das übrigens auch seine guten Seiten hat und an das Sie sich vielleicht mit der Zeit gewöhnen könnten.«

Er hielt seinen Wagen vor dem Polizeirevier an, betrachtete die Tablette in seiner Hand und sagte: »Ich glaube, ich sollte das Ding da abgeben – was immer es sein mag.« Damit stieg er aus, ging auf den Eingang zu, kehrte auf einmal um und sagte ernsthaft durch das offene Wagenfenster: »Bitte, bleiben Sie, wo Sie sind. Laufen Sie nicht weg.«

»Bestimmt nicht«, sagte Caroline.

Sie saß friedlich und erschöpft da. Sie mochte weder rauchen noch essen – nicht einmal denken. Sie besah sich im Rückspiegel: zerkratzt, blaß, Ringe um die Augen, eine Haarsträhne, die sich nicht bändigen ließ und ihr immer wieder in die Stirn fiel. Sie dachte, daß Carmichael sie wirklich von der unvorteilhaftesten Seite kennengelernt hatte, und auf einmal schien ihr das sehr wichtig.

Carmichael betrat das Wachzimmer. Trunz und noch ein Polizist waren dort, und außerdem ein Mann in einem grauen Anzug, der eben sagte: » . . .ja, die White, es stimmt schon. Die Resultate der Autopsie kommen heute nachmittag. Und jetzt will ich noch einen

Moment mit dem Haubenengel da drinnen reden.«
Er verschwand durch die Tür, die zu Ada Mayberrys Zelle führte, und Carmichael lieferte Trunz die Tablette ab. Trunz stand hinter seinem Schreibtisch, rieb sich die Augen und sagte mürrisch: »Das bekommt der Staatsanwalt.« Er sah zum Fenster hinaus und fragte: »Sagen Sie, ist das da draußen die kleine Emmett?«
Carmichael nickte. »Sie wird zurückkommen, um als Zeugin auszusagen, aber jetzt bringe ich sie nach New York.«
Trunz wich seinem Blick aus. Carmichael hatte recht gehabt und er selber unrecht. Das war schon an sich verdächtig, und jetzt saß das Mädchen da draußen in Carmichaels Wagen, als ob er ihr gehörte. Trunz hatte es immer noch nicht aufgegeben, das Rätsel Carmichael zu ergründen. Auch jetzt war er nicht zu müde dazu. Er sagte: »Sie haben sich ja in der kurzen Zeit sehr dick mit ihr angefreundet, nicht wahr?«
Das Telefon schrillte, und der andere Polizist nahm ab. Carmichael und Trunz standen voreinander und maßen sich mit Blicken.
»Trunz«, sagte Carmichael ernst, »ich habe Ihnen doch von meiner Schwester erzählt, von der, die spurlos verschwunden ist? Und Sie haben gelacht?«
»Ja, ja, ich erinnere mich«, sagte Trunz, und sein Mißtrauen schmolz wieder einmal dahin unter dem ruhigen Blick von Carmichaels dunklen Augen. »Und, was ist mit ihr?«
»Also – das da draußen ist sie auch wieder nicht«, sagte Carmichael und ging hinaus in den silbernen Aprilmorgen, wo Caroline Emmett auf ihn wartete.

Agatha Christie

Agatha Mary Clarissa Miller, geboren am 15. September 1890 in Torquay, Devonshire, sollte nach dem Wunsch der Mutter Sängerin werden. 1914 heiratete sie Colonel Archibald Christie und arbeitete während des Krieges als Schwester in einem Lazarett. Hier entstand ihr erster Kriminalroman *Das fehlende Glied in der Kette.* Eine beträchtliche Menge Arsen war aus dem Giftschrank verschwunden – und die junge Agatha spann den Fall aus. Sie fand das unverwechselbare Christie-Krimi-Ambiente.
Gleich in ihrem ersten Werk taucht auch der belgische Detektiv mit den berühmten »kleinen grauen Zellen« auf: Hercule Poirot, der ebenso unsterblich werden sollte wie sein weibliches Pendant, die reizend altjüngferliche, jedoch scharf kombinierende Miss Marple (*Mord im Pfarrhaus*).
Im Lauf ihres Lebens schrieb die »Queen of Crime« 67 Kriminalromane, unzählige Kurzgeschichten, 7 Theaterstücke (darunter *Die Mausefalle*) und ihre Autobiographie.
1956 wurde Agatha Christie mit dem »Order of the British Empire« ausgezeichnet und damit zur »Dame Agatha«. Sie starb am 12. Januar 1976 in Wallingford bei Oxford.

Von Agatha Christie sind erschienen:

Das Agatha Christie Lesebuch
Agatha Christie's Miss Marple
Ihr Leben und ihre Abenteuer
Agatha Christie's Hercule Poirot
Sein Leben und seine Abenteuer
Alibi
Alter schützt vor Scharfsinn nicht
Auch Pünktlichkeit kann töten
Auf doppelter Spur
Der ballspielende Hund
Bertrams Hotel
Die besten Crime-Stories
Der blaue Expreß
Blausäure
Das Böse unter der Sonne
oder Rätsel um Arlena

Die Büchse der Pandora
Der Dienstagabend-Club
Ein diplomatischer Zwischenfall
Dreizehn bei Tisch
Elefanten vergessen nicht
Die ersten Arbeiten des Herkules
Das Eulenhaus
Das fahle Pferd
Fata Morgana
Das fehlende Glied in der Kette
Ein gefährlicher Gegner
Das Geheimnis der Goldmine
Das Geheimnis
der Schnallenschuhe
Das Geheimnis von Sittaford
Die großen Vier
Das Haus an der Düne
Hercule Poirots größte Trümpfe
Hercule Poirot schläft nie
Hercule Poirots Weihnachten
Karibische Affaire
Die Katze im Taubenschlag
Die Kleptomanin
Das krumme Haus
Kurz vor Mitternacht
Lauter reizende alte Damen
Der letzte Joker
Die letzten Arbeiten des
Herkules
Der Mann im braunen Anzug
Die Mausefalle und andere Fallen
Die Memoiren des Grafen
Mit offenen Karten
Mörderblumen
Mördergarn
Die mörderische Teerunde
Die Mörder-Maschen
Mord auf dem Golfplatz
Mord im Orientexpreß
Mord im Pfarrhaus
Mord im Spiegel oder
Dummheit ist gefährlich
Mord in Mesopotamien
Mord nach Maß
Ein Mord wird angekündigt
Die Morde des Herrn ABC
Morphium
Nikotin
Poirot rechnet ab
Rächende Geister
Rotkäppchen und der böse Wolf
Ruhe unsanft
Die Schattenhand
Das Schicksal in Person
Schneewittchen-Party
Ein Schritt ins Leere
16 Uhr 50 ab Paddington
Der seltsame Mr. Quin
Sie kamen nach Bagdad
Das Sterben in Wychwood
Der Tod auf dem Nil
Tod in den Wolken
Der Tod wartet
Der Todeswirbel
Tödlicher Irrtum oder
Feuerprobe der Unschuld
Die Tote in der Bibliothek
Der Unfall und andere Fälle
Der unheimliche Weg
Das unvollendete Bildnis
Die vergeßliche Mörderin
Vier Frauen und ein Mord
Vorhang
Der Wachsblumenstrauß
Wiedersehen mit Mrs. Oliver
Zehn kleine Negerlein
Zeugin der Anklage